将 灵 魂 订 成 册

王开岭文集——散文卷

当年的体温

(修订版)

王开岭 著

山西出版传媒集团 书海出版社

作者简介

王开岭,1969年生,祖籍山东,

主要著作有《激动的舌头》

《黑暗中的锐角》《精神自治》

《跟随勇敢的心》《精神明亮的人》

《古典之殇——纪念原配的世界》等,

作品入录数百种中外选集、年鉴和大中学读本。

现居北京,历任央视《社会记录》

《24小时》《看见》等栏目指导。

当年的体温

我在，我们很近（代自序）

20岁成了40岁，中间流经了多少事，路过了多少人？

可我总感觉，这跨度仅相当于一个白天和一个夜晚。生物钟恍惚，不能如实地体察光阴，会出现这样的矛盾：一个人童心未泯，而心灵之外的器官早已背叛了年少。这是个让人伤感的落差。

很少有事让人变成自己的历史学家，编个人文集算是一个。你要盘点一下精神身世，这些年都做了什么，路有多长，书有多厚，梦有多远……

我的写作始于上世纪80年代末、90年代初——集体理想主义即将落潮的前夜，一个纸质阅读和笔写的年代，精神也是手工的。写得慢，写得用力，刻石一般，但不妨碍写得澎湃，写得激情浩荡。从上世纪末被称为思想界"新青年"，一晃十叶春秋，每个人都在移动，都在成长和脱落，青年已不敢再称，黑马也渐渐额白……

互联网来了，博客和信息共享时代来了，资讯空前繁荣，每个人都有表达的机会，都有成为作家的潜力和资质。精神资源的私有化年代一去不返，彰显和言说勇气的岁月也差不多结束，很多人都比当年"新青年"更新锐，思考力和感受力毫不逊色……我在想，哪些表达非我不可？一次写作怎样才成为必要、必需和非你莫属？

新的年代，灵魂出口丰富了，精神义务和生命职责也有了更多承担方式,写作不是唯一。我渐渐慢了下来,在投身媒体和公共职责之余,我选择了阅读生活,也体会到了做读者的乐趣和幸福。

还有,我失去了最亲密、最隐蔽的读者:父亲。

我是不知不觉中失去的。现在,我还会出现幻觉:他还活着。他是医生,怎么会死呢?我——这个和父亲那么亲近和相像的人,活得好好的,他怎么会不在了呢?

我常常忘了父亲去世这件事。

把父亲独自留在山冈的那个傍晚,回城的车灯将路照得雪白,我心里低低地说,对不起,父亲……只有那一刻,我确信父亲不会出现在家里了。

老家的院里,两株石榴,一树红,一树白。那年夏,花开得汹涌异常。即要返京的那个下午,我站在院里,对妻子说:今年的花开得真好……我似乎忘了父亲的事,忘了这些花失去了最重要的照料者。往年这时候,给家里打电话,末了都忘不了问父亲一句:石榴花开了吗?

我不承认死是虚无。它只是一种不做声罢了。

父亲走后,一本新书问世前后,我都会强烈地想他。父亲从不当面看我的书。母亲告诉我,我离家的这些年,父亲每晚都看我的书。我知道,父亲是想知道这个从小就把自己关在屋里的儿子在想什么,走出了多远,然后用他60多年的风风雨雨判断儿子说话的风险……

所以，出版这套文集，我首先想到的就是父亲，心里的献辞也是"献给我的父亲"。

北京是个能把所有人还原成正常人和普通人的地方，这对隐身、对平息内心的骚乱很有用。

有人问，一个作家介入新闻职业是什么感觉？

我想了想：就是每天醒来——觉得全世界都和你有关系。这感觉有时很好，多数时很糟。其实，自由，一个很重要的标志，就是能选择哪些事和自己有关或无关。但这行当不行，每天都要把自己献给全世界，时间长了，生命和精神便陷入了被动，我称之"被动性人生。"

这职业还有个毛病，就是：天天和全世界对话，唯独不和自己对话。

7年前，做央视深夜节目《社会记录》，我有个初衷：以生活共同体的名义——在与世界对话的同时确保和自己的对话，寻找每件事、每个人在当代生活中的位置，寻找命运和命运、人生和人生的相似关系，寻找有"精神事件"品质的新闻事件……我觉得，深夜是内心的掌灯时分，是灵魂纷纷出动的时候。相反，白天，灵魂在呼呼大睡。一个深夜节目，若顾不上灵魂，就没了意义。

现在看来，该新闻观是有私心的，那就是我太担心在这种"被迫和全世界打交道"的职业中丢了灵魂。CCTV最大的弊病不是没有真相，而是没有灵魂。灵魂，恰恰是生命最大的真相。

包括职业技能最好的主持人也只忙于和全世界对话，从来不和自己对话。

一个人连自己的真相都顾不上、都搞不清，能指望他说出别的什么真相?

有灵魂的人,一定时时不忘和自己对话。这样才有机会、有能力与别人对话。现在,几乎没有好的对话节目,这是原因之一。

我一直不敢忘记文学的原因也在这。文学是灵魂的农事,自古就是。但我永远不会把文学当职业来做,好东西一定都是业余的,或者说你一定要把它留给业余。就像爱情是业余时间里的事,老婆孩子也是业余时间里的事。

这些年,一定还发生了很多事,我一时想不起来了。

这几年,可能我写得实在少,便有朋友找来一些"民意"给我,你看你看,那么多人还焦急找你的书呢,更年轻的一代上来了,他们还喜欢、还需要你,写,赶紧写……于是我惶恐,哦,是的,或许是的……其实,我已攒了上百个标题和写作片断,我想把它们写好,写得"手工"一点,所以慢,磨磨蹭蹭。

谢谢那些从未谋面的读者,你们的目光我收到了,你们在网络上留言,打听下落,传阅旧书,寻觅新作,责怪我为何不建一个博客……这样长的期待和追随,我受宠若惊。

被那么多抽屉和掌心收藏着,我非常温暖。我会不辜负。

还要谢谢李伦和《社会记录》的同事,他们参与了我近年最主要的日常生活。与之一起,我见证了一个理想主义电视栏目的诞生和谢幕。我至今仍清晰记得那年夏天李伦夫妇在凌晨车站迎我的情景,他对着手机喊,你看见我了吗,瘦瘦的,旁边站一女孩……其实,我差不多已撞上他了。

是啊,许多年过去了,大家依然瘦着,一点没变。

和许多不变的人生活在一起,感觉很好。

2008 年 10 月拟

2010 年 6 月改

目录 CONTENTS

我在，我们很近（代自序） /002

散文辑——

我们无处安放的哀伤 /002
汶川的樱桃红了（外一章） /011
悼念我柔弱的同胞 /016
谈谈墓地，谈谈生命 /018
一个房奴的精神大字报 /028
精神明亮的人 /039
当她十八岁的时候 /045
向儿童学习 /048
从生命到罐头 /052
远行笔记（四章） /054
两千年前的闪击 /060
雪白 /063
残片 /066
被占领的人 /068
向死而生 /072
从"高石之墓"到经典爱情 /075
《罗马假日》：对无精打采生活的精彩背叛 /083
永远的邓丽君 /087
女人，喜欢你的作品吗 /090

仰望：一种精神姿势	/095
人类如何消费星空	/098
"深度撞击"：星空暴力备忘录	/105
蓝湖	/109
女子如雪	/115
蝴蝶·美性·遭遇	/118
女性气质	/124
生活在别处	/129
当死亡被模拟	/145
最后时分	/150
塔与坟	/152
影子的道路	/155
英雄的最后	/159
来自云层的声音	/161
初恋：献给伟大的陌生人	/164
人类夫人	/166
艺术地穿越死	/170
某一夜晚	/173
向爱人坦白	/176
草鸡	/182
邻居	/186
赵莉：温柔的魂魄	/190
它冰凉地躺着	/193
海岛·寂静·居住	/196
1976年的孩子	/201

诗档案——

舞语：你是你的爱情，你是你的宗教	/212
夏天正午	/221
一座什么样的园子	/223
冬天：黑白画	/226
快乐的人们	/230
一个人在路上	/231
三月	/233
武士	/235
沉船	/237
古墓	/238
蜃景	/240
无题	/241
最后一群诗人	/242
不要以为这就是生活	/244
93年岁末的后半夜	/245
日出	/248

王开岭印象：散漫与明亮（代后记） /253

散文辑

我们无处安放的哀伤

> 如果不相信灵魂不死,我们何以堪受这样的悲恸和绝望。
>
> ——题记

1

它是怎么来的?

5月12日,央视南院。那个阳光还算灿烂的下午,正在餐厅淘影碟,有人突然闯进来,表情怪异:地在动?动?

回到楼上,各栏目间已嘈成一团,所有人都站着,手机、座机不停敲键,成都、绵阳、都江堰……听筒里传来的全是沉寂。空荡、可怕的忙音,这是生死未卜的忙音,这是与世隔绝的忙音……至今,这忙音仍幻听般住在我耳朵里。

那是生命突然失明的感觉,它让你怀疑时空的真实性。

远方,远方怎么啦?难以置信的集体失踪!那股空白和哑默,是科幻片里才有的恐怖……你甚至觉得并非对方有问题,而是自己遭遇了不测。是的,我们被远方抛弃了,开除了,遗忘了。

没任何预兆,在最意想不到的时候。大半个中国被袭击。

我们目瞪口呆。

一时间,忘了火炬往哪儿传,传到了哪儿。

几天后,有人这样描述那一刹的降临:"家门口,常有载重大货车过往,12号午后,又一阵轰隆隆,隔壁老曾没遇到这么大的动静,正准备出来骂街,没到门口地就晃了……事后才知,是北川那边的山塌了。"

所有活着的人,都只剩下一个身份:幸存者。生死存亡,简单到了无以复加的地步,仅仅因为距离,因为你脚踩的位置,因为你恰好走到了某处。

我突然看清了一个事实:人生,很大程度上不过是"余生"。

我不会忘记那幅照片:一只石英钟睡在瓦砾间,指针对准14时28分。

这是它扔下的第一个夜晚。守着电视呆到天亮,我觉得入睡是可耻的。我知道,这个大雨滂沱的夜里,很多人会死去,很多灵魂会孤独远行……这样的夜,和1亿年前的夜没区别,冰冷无声,没有光亮,没有站着的东西……这样的夜,他们应有人陪。

13日下午,给已飞赴灾区的同事发了条短信:人最容易夜里死去,给废墟一点声音、一点光,哪怕用手机,让生命挺到天亮……

汶川、北川、青川……中国版图上,没有谁像你镶嵌如此多的"川"字,然而现在,正是这一个个川,刺痛着泪腺和肋骨。知道吗,就在不久前,我还在《中国国家地理》"新天府评选"的对话中,大肆谄媚你天堂般的诗意,滔滔不绝以你为例,鼓吹"'天府'就是沃土和乐土,就是全世界乞丐和懒汉都向往的地方……"想想忍不住脸红,你就这样羞辱了我。

是的,正因为那一个个川,才有了你的曲线和妖娆,才有了你深寺的桃花、竹林的茶香、马帮的铃声、雪山上的梦境……知道吗?你的美曾让我神魂颠倒,感动得我泪流满面。然而今天,这美竟成了天堑,成了饕餮之口,成了生离死别、咫尺千里的险阻,成了让人诅咒的墓穴……当然，这不是你的错。其实，我只是不敢正视你的罪。

是的，大地，我不恨你，即使你犯了天大的错。我只能不可救药地爱你，别无选择。

2

窗外，一排粗壮的白杨，密匝的枝头几乎贴到了玻璃。这些天，每见这些无动于衷的叶子，我总会想，在川西，在那10万平方公里的震墟上，最高者莫过于这些树了吧。想着想着，就会发呆，眼前掠过一些景象。

这个5月，一个人要想掩饰泪水实在太难。

我为那些来自前方的哭诉而流泪：消失的山峦，消失的村寨，消失的炊烟，消失的繁华……无数个家叠在了一起，叠成薄薄的一层瓦砾，肉眼望去，城墟一览无余。一条条川路被拧成了麻花，裂口深得能埋下轮胎，几千公里的盘旋路上会盘旋多少车？那一天，几乎没有车辆能到达目的地。

我为那些随处可见的情景而流泪：瓦砾上，一群无精打采的鸽子，一只不知所措的小狗的眼神，它们像忧郁的孤儿；天在哭，一位母亲站在废墟上，撑着伞，儿子被整栋楼最重的十字梁压住了，只露出头，母亲不分昼夜地守着；一位丈夫用绳子将妻子遗体绑在背上，跨上破旧的摩托车，他要把她带走，去一个干净的地方，男女贴得那么实，抱得那么紧，像是去蜜月旅行。

我为那些声音而流泪：一个10岁女孩在废墟下坚持了60小时，被挖出10分钟后去世，凋谢之前，她说"我饿得想吃泥"；教学楼废墟上，由于坍方险情，救援被命令暂停，一位战士跪下来大哭，对死死拖住他的同伴喊"让我再去救一个！求你们让我再救一个！"

我为那些永远的姿势而流泪：巨石下，男子的身体呈弓形死死罩着底下的女子，女子紧抱男子，两具遗体无法拆散，只好一起下葬。一位中学老师，撑开双臂护在课桌上，这个动作让4名学生活了下来……

我为一排牙印而流泪：当一具具遗体入土时，一个小姑娘哭喊着冲出封锁线，士兵上前劝慰，突然，小姑娘抓起了一只胳膊，猛咬下去，胳膊一动没动，小姑娘又拔出胸针，对着它狠狠扎下……事后，士兵说："如果我的痛能减轻她的痛，就让她咬吧。"

我为最后的哺乳而流泪：一个年轻的妈妈蜷缩着，上衣向上掀起，已停止呼吸，怀里的女婴依然含乳沉睡，当她被轻轻抱起、与乳头分开时，立即哇哇大哭……

我为那些伟大的诀别而流泪：震墟下，李佳萍鼓励身边的学生，一定要坚持，活下去，人生很美好……当预感自己快不行的时候，她用尚能活动的手，把另只手上的戒指摘下，塞给离她最近的邹红，"如果你能活着出去，把它交给我先生，告诉他和女儿，我爱他们，想他们"。杨云芬，一位被轮番救援几十小时的婆婆，在自感无望时，哀求大家不要再徒劳，去救别人，被一次次拒绝后，她用玻璃割破手腕，吞下金饰……在我看来，这份放弃和决不放弃，同等伟大。

我为那些天真而流泪：一个只有几岁的漂亮男孩，在被抬上担架后，竟举起脏兮兮的小手，朝解放军叔叔敬了个礼。一个叫薛枭的少年，被送上救护车时，竟对周围说："叔叔，我想喝可乐，要冰冻的。"面对这些未褪色的稚气，我总想起某首老歌，"亲爱的小孩，今天有没有哭，是否朋友都已经离去，留下了带不走的孤独……是否遗失了心爱的礼物，在风中寻找，从清晨到日暮……"其实，我最想说的是，孩子，你们不需要太坚强，不坚强也是好孩子。

我为走远的读书声而流泪：14时28分，这是个最威胁课堂的时刻。地震最大的伤口，最大的受难群，就是书包。聚源中学的风雨操场，成了五月中国最大的灵堂，孩子的遗照挂满了天空，像一盏盏风筝组建的班级。映秀镇小学校长的头发一夜间白了，他的400个孩子，只剩下了百余人，镇上的长者哀叹，下一代没了……

我还为一名乞丐流泪：某地大街上，捐赠箱前来了个残疾人，他只有半个身子，撑一块木板滑行，大家都以为他只是路过，可他竟然停住了，举起盛满碎币的缸子……看这幅图片时，我心头猛然揪紧，5·12之后，这世上又要增添多少拐杖和轮椅啊，可敬的兄弟，你是在帮自己的同路人吗？

我还为那最后的遗憾而流泪：陈坚，这个被压了70多小时的汉子，这个在电视直播中脱口"各位观众各位朋友，晚上好"的人，这个戏称自己是"世上第一个被三块预制板压得不能动弹"的人，这个在电话连线中告诉孕妻"我没啥远大目标，只想和你平淡过一辈子"的人，这个不忘为救援队喊"一、二、三"助威的人……就在被挖出、被抬上担架不久，竟再也不理睬他的观众了。

一位军医撕心裂肺地喊：陈坚，你这个浑蛋，为什么不挺住不挺住啊！

是的，这是肉体对精神的背叛，本来我们以为它们是一回事，可实际上不是。两者一点也不成正比。肉体甚至像一个奸细，在我们最以为胜券在握的时候发动偷袭。

是的，我们哭得那么伤心，像一群被抛弃的孩子，像失去了最熟悉的亲人。是的，如果你活下来，你将创造一个完美的奇迹，你将以一场神话般的胜利拯救这些天来人类的自卑和虚弱，你将感动全世界，不，你已经感动了全世界。

想起了一句话：即使死了，也要活下去。

放心吧陈坚，今后的日子里，我们替你活着，生活你的全部。

人可以被毁灭，但不能被打败。

3

我为一座县城的湮灭而流泪：北川。

这个像火腿面包一样、被两片山紧紧夹住的城池，这个曾地动山摇、草木失色的地方，由于受损严重、山体松弛和堰塞湖之险，其废墟已无重建可能。从 5 月 21 日起，这座有着 1400 年县史的栖息地，将全面封闭，所有灾民和救援队撤出。等待它的，很可能是爆破或淹没。

画面上，那幅"欢迎您来到北川"的牌子，刺疼着我。

别了，北川。没有仪式，来不及留恋，来不及告别。

撤离前，他们匆匆去家的瓦砾上，焚一叠纸，烧几炷香，挖一点可带走或自感重要的东西，一只箱子、一块腊肉、一兜衣物、一缕从亲人头上剪下的青丝……一个年轻人抱着一幅婚纱照，捂在胸前，表情僵滞地往城外走。我知道，这是他唯一的生命行李了。

同事告诉我，撤离途中，常会有人突然掉头跑向高处，只为最后看一眼县城、老宅和那些刚刚拱起的新坟……

我彻底懂了什么叫"背井离乡"。

前年，做唐山大地震 30 周年纪念节目，曾看到一位母亲给儿子动情地描述："地震前，唐山非常美，老矿务局辖区有花园、洋房，最漂亮的是铁菩萨山下的交际处……工人文化宫里面可真美啊，有座露天舞台，还有古典欧式的花墙，爬满了青藤……开滦矿务局有自己的体育馆，带跳台的游泳池，还有一个有落地窗的漂亮的大舞厅……"

大地震的冷酷即于此，它将生活连根拔起，摧毁着我们的视觉和记忆的全部基础。做那组纪念节目时，竟连一幅旧唐山的图片都难觅。

震后，新一代的唐山人几乎完全失忆了。乃至一位美国人把他 1972 年途经此地时的旧照送来展览时，全唐山沸腾了，睹物思情，许多老人泣不成声。

故乡，不仅仅是一个地点和概念，它是有容颜的，它需要物象对称，需要视觉凭证，需要细节还原，哪怕蛛丝马迹，哪怕一井一石一树……否则，一个游子何以能与眼前的故乡相认？

有人说过，百万唐山人虽同有一个祭日，却没有一个祭奠之地。30年来，对亡灵的召唤，一直是街头一堆堆凌乱的纸灰。

莫非北川也要面临类似的命运？一代后人将要在妈妈的讲述中虚拟故乡的模样？还有那些不知亲人葬于何处的幸存者，无数个清明和祭日，他们将因拿不准方向而在空旷中哭泣，甚至不知该朝对哪一丛山冈……还有那些连一张亲人照片都没来得及挖出的人，未来的某个时分，他们将因记不清亲人的脸庞而自责，而失声痛哭……

遥知兄弟登高处，遍插茱萸少一人。

一代人的乡愁，一代人的祭日，一代人的哀伤……

我知道它何时开始，却不知它何时结束。

4

我将记住一位同事的号啕大哭。

5月21日，在绵阳通往北川的山道上，一个老人挑着筐，踽踽而行。余震不断，北川已临封城，记者李小萌在回撤途中，迎面看见了这位逆行者，他太醒目了，因为已没人再使用他那个方向……老人很瘦小，叫朱元云，68岁，家被震塌了，在绵阳救助点躲了一周后，惦念地里的庄稼，想回去看看。

李小萌劝老人别往前走了，太危险，可老人执意回去，"俺要回去看看，看看麦子熟了没有，好把它收了，也给国家减轻点负担。"

又从北川那边过来了俩人，也挑着担，装着从家里刨出的一点吃食。他们也劝老人别回去，"那边危险得很"。

李小萌："你现在这些东西，是你全部的家当吗？"

男子："是，就这些喽。"

李小萌:"你家人呢?有孩子吗?"

男子:"死喽,娃儿都死喽。"

李小萌:"那你妻子呢?"

男子:"老婆,我老婆也死喽。"

李小萌:"还有其他家人吗?"

男子:"我妈,她也死喽。"

李小萌:"一家四口,就剩你一人了?"

男子:"就剩我一个喽。"

另一男子:"他们死的死喽,我们活下的要好好活。"

俩人与老人道声别,走了。

自始至终,他们的语调、神情都和老人一样,平静,轻淡,没一点多余的东西。

无奈,李小萌嘱咐老人把口罩戴好,路上小心。

走出了几十米,那背影似乎想起了什么,转过身:"谢谢你们操心喽。"

孤独的扁担一点点远去,朝着空无一人的方向……几秒钟后,李小萌突然扭脸号啕大哭,那哭声很大、很剧烈,也很可怜……

当在电视上看到这几秒的哭时,我再次感到肩头发颤。虽然我已被它震撼过一回了,那是在编辑机房。事实上,小萌哭得比电视上更久更厉害,为"播出安全",被剪短了。按惯例,那哭是要整个被剪掉的,可那天竟意外留住了。这是央视的幸运。

庄稼在那儿,庄稼人不能不回去——这是本分,是骨子里的基因,是祖祖辈辈的规矩。老人遵守的,就是这规矩。这就是事情的全部真相。

是啊,规矩就是真理。正是这真理,养活了无数的人,我,我们。

老乡们的平淡让我感动,李小萌的失态也让我感动。那哭是职业之外、纯属个人的,但它却让我对所在的职业充满敬意和幻想。

我还羡慕小萌,她终于不再隐瞒,不再克制,不再掩饰。

这些天来，我终于听到了自由的大哭。

哭和泪不一样。放声大哭，是灵魂能量的一次迸溅，一次肆意的井喷。

它安放了我们无处安放的哀伤。

6

一个在震墟上呆了半月的新华社朋友说，回北京的第一个清晨，从昏睡中揉开眼，当隐约听到鸟叫，当看见窗帘缝中漏进的第一束光，他掩面长泣……

他说难以置信这是真的，昨天还是废墟，还是阴雨连绵，还是和衣而卧……他说受不了这种异样，这是完全不同的两种空气，没有粉尘，没有螺旋桨、急救车、消防车、起重机的尖厉与轰鸣；脚踩在地上，没有颤巍巍的反射……他说受不了这静，太腐败了，有犯罪感，对不住昨天仍与之一起的那些人，他说想再回去。

是的，我理解你说的。

是的，我们真的变了。从惊天动地的那一刹，生活变了很多。泪水让我们变得洁净，感动让我们变得柔软，震撼让我们变得亲密，哀容让我们变得谦卑，大恸让我们变得慷慨，剧痛让我们对人生有了醒悟……72小时的黑白世界，让我们前所未有地体会到了那个早就存在的"生命共同体"的存在。

那么，我们还会再变回去吗？惯性会让我们原路折返——会再次把我们打回原形、收入囊中吗？哪一个更像我们自己，更接近我们的本来和未来？

祝福这个"共同体"吧，它不能辜负那么大的牺牲，不能虚掷那么高的成本和代价。

即使不能飞翔，即使还要匍匐，也要一厘米一厘米地前行。

2008年5月30日

汶川的樱桃红了（外一章）

5月的高原，樱桃又红了。

然而，此时的它们，却无人采撷。命运将之留给了枝头，留给了无边的空寂和凋零。

例年的5月，若从都江堰前往九寨沟，在北纬31度、东经103.4度这个地方，你一定会情不自禁地停车，走向那些红盈盈的箩筐。

我一直觉得，樱桃是最让人心神荡漾的东西，盯着它，就像盯着一粒从《诗经》里飞出的词，那缕冰澈之光和肌肤的柔莹，会把你拖入梦幻……

世上有一个网址，叫"汶川信息港"。每年5月，这里总会贴出一些漫山樱桃的图片，有的是旅行摄影，赞美高原小城的风物，有的是果园写真，充当农贸特产的广告。

不出所料，从5月12号午后起，这家网站就再没有更新的迹象。樱桃的图片仍在，但是去年的。像所有地方信息港一样，它也有一个论坛版块，叫"汶川龙门阵"。我用鼠标轻触着它，迟疑了会儿，双击。

空荡荡，像很久没人住的屋子。有条留言孤零零挂在那儿："没有见到当地任何网友发言，揪心！"留言下还附了张贴图，是高速路边红艳的樱桃林，上写："汶川的红果，是否依然香甜？卖我樱桃的母女俩，你们还好吗？"

它是来怀旧的，祭奠的。不，它是来寻找的，它期待回音。

看来，有一个和我一样的人，在震后不久就访问了这儿，只是他来得更早。

我想象着他来时的情景，当他推开门时，眼前是怎样一副人去楼空的凄凉啊……那一刻，他是世界上最孤独的人。

是啊，汶川的樱桃，你好吗？

这个红熟的季节，你本该走下枝头，顺着羌族少女的手臂，顺着竹篮和箩筐，一直走到那条通往九寨沟的路边。但现在，你肯定迷路了。

5月13日晚，在失踪了一昼夜后，央视直播间第一次传来了汶川的声讯，阿坝州一位官员在卫星电话中描述灾情，他说得最多的词是"崩溃"，一连哽咽着用了5次。我清楚地记得一句话，他说"公路没有了"。放在平时，我想自己一定听不懂什么叫"没有了"，但那一刻，我懂。他说什么我都懂。

"没有了"，它比"崩溃"更让全世界鸦雀无声，更让心沉到极点。

我知道，汶川，没有了。

在这家尘封的网站上，我看到当地政府信息栏中有一篇通讯稿，时间为2007年5月，全文是——

近日，正值高原山地樱桃成熟上市时节，汶川县乡村农户纷纷赶大早来到集市一家一户摆起了摊位，过往顾客更是络绎不绝，售价在每公斤6—8元不等，来自雁门乡的樱桃种植户刘余秀说："由于有了科技指导，今年的樱桃比往年长得更好，味道更甜。"看着樱桃如此俏卖，种植户心里比吃了蜜还甜。

我小心翼翼地将它下载，收好。

2008年6月2日

奥运来了

奥运冲过来了，像一辆跑车，快得令人无法转身。但必须转。

7月的一天，去梅地亚参加外栏目一个奥运专题的策划会，我心神不定，有点恍惚，甚至有点抵触。说实话，我受不了这种硬生生的断裂。

大地震和奥运会，两个属性、气质、面孔、情感都截然相反的巨大事件，竟挨得这么近。对这个民族来说，一个是磐重如山的舛难，一个是千载难逢的盛事，一个需要流泪，一个需要欢呼，都史无前例，都刻骨铭心，都重大得无以复加、无与伦比。按正常逻辑，按这两件事的历史级别和社会重量，它们本该保持足够远的距离才对，就像两个大人物，挨得太近会有损彼此尊严，让敬意无法安放。

可它们就这样急不可待地来了。

你来不及用一个仪式把它们自然分开，哪怕仅仅心里的仪式。

袖上的黑纱还来不及收起，鲜花和鼓槌就已交到手里。无论如何，这都是一件很为难、很尴尬的事。

但必须这样做。

灾难报道是无须精心策划的，但奥运要，因为它是人工的，是人一手导演和编排的。它需要精心的、无微不至的策划和伺候。所以，从7月下旬开始，这样的会就多了起来，每个栏目都开，天天开。

新闻频道从地震直播径直切向奥运直播，两个状态间没有空当。当然，它完成得不错。我大大低估了人的转身能力。

相较之下，我有点慢，有点迟疑。那个会上，我突然说，奥运赛馆里一定有许多空位罢。见大家茫然，我解释道：罹难者中一定有人买了本届奥运门票的，可以去留意一下，或许会找到故事。

大家明白了我的意思。从电视策划的角度，公平而论，这是个不错的主意。

其实，我心里想的是：2008，是生者和死者一起好不容易盼来的，我们不过是多盼了85天而已，要看就一起看，不能撇下谁。

可还是无法进行这个操作，有技术原因——除奥运开幕式门票有登记外，赛事门票是不注册不记名的，无从查寻。更大的障碍还来自"整齐"或"纯粹"的需要，奥运报道几乎是以免打扰的方式封闭进行的，它选取了"目不转睛"和"心无旁骛"的姿态。

最终，那个"空位"的预言竟被我自己证实了。我本不打算看比赛现场的，主要嫌麻烦，不如看电视省事，但有一天，一朋友发来短信，问能否替父母搞两张球票，父母年事已高，身体不好，这些年口口声声说要活到奥运会，非要来北京看鸟巢……我一惊，突然很感动，奥运会竟被老人当成了某种纪年标志，视为了一种生命尺度。我被感染了，不仅替朋友搞了两张，我自己也留下两场票。女排小组赛：巴西对俄罗斯，古巴对美国。

按说球类票最紧缺，强队赛事更应座无虚席，但事实上，空位比比皆是。而场外却一票难求。也就是说，所有的票都售罄了。

那个下午，坐在冷气过度的首都体育馆里，我又一次走神了，眼睛有意无意地瞟那些蓝色或红色的塑料空椅，它们至少有上千之多。后来，在家里看电视直播，我一次次在镜头中看到成百上千的空位。我不知道它们属于谁，主人为什么没来，但我相信，那些空荡荡的位子，一定有和"5·12"这个日子有关的。

或许我真的想多了。

今天，8月20日，中国的金牌数已涨至45块。晚上，我意外地看到了一则新闻，篇幅很小，和奥运无关——

8月19日，北川暴雨倾盆。今天距汶川大地震刚好百日，按当地习俗，这是生者祭奠亲人最重要的日子。为此，封闭了近仨月的北川县城特意开放，允许入城烧香祭奠。鉴于该县城的死难失踪人数达1.6万人，估计今日的祭奠民众逾3万人。

雨流如注，人们用雨衣、雨伞护着烧纸，鞭炮声、哭泣声、落雨声,还有孔明灯交织在一起。由于雨水浸泡,县城四周不时传来山体的塌方声。许多人是3个月来第一次回到这儿,许多人找不到自己的家,也不知道亲人在哪儿遇难,只能凭想象找一处角落焚香烧纸,寄语亡灵。

一位女士站在王家岩山塌方的土丘上,据说下面埋着县法院、财政局、医院及幼儿园。她摆好大把的鲜花,喃喃自语:"妈妈来看你了……你要记得回来看妈妈,我等你,听到没有,嗯?"据记者说,她的语气就像平日里叮嘱孩子,没有悲痛,只有耐心和温情。她的儿子当时就在这家幼儿园,3岁。

北川中学废墟,20岁的杨帮敏一身黑衣,她给弟弟带来了他最想要的乔丹牌篮球,一本最新的《体育画报》,封面是科比,还有一双纸扎的白球鞋和一件8号球衣……

看到这,我心里再次流泪了。孩子,你的科比,就在今晚,刚率领"梦八"大比分赢了,也是迄今他表现最精彩的一场。我刚刚看过直播。我和你一样喜欢这个闪电一样的家伙。

若不出意外,你的科比能拿冠军。我们的科比。

这个月朗星稀的夜晚,听着窗外邻家飘来的赛场欢呼,我向那个大雨滂沱的县城道歉,我疏忽了一个重要的日子……

于心灵而言,这是事故。我对我说。

2008年8月21日

悼念我柔弱的同胞

——2010 年 8 月 15 日博客

睡了仨小时，突然被明晃晃的阳光惊醒，怎么形容它呢？麦芒一般？刺刀一般？

天蓝得惊人，令人晕眩。昨晚竟没拉窗帘。

瞥一眼手机，06:32，恍惚以为是下午六点二十分。以为是睡了个午觉。用 5 到 10 分钟求证今天是个什么日子。想起了两个：一是日本战败日，或者说抗战胜利纪念日，往年新闻总要提的；一是国悼日，为舟曲死难同胞默哀。

这是个混乱的日子。事件混乱。生物钟混乱。情绪混乱。想起今天值班的同事，可怜的孩子，今天的新闻怎么编排呢。

想想临睡前都干了什么？匆匆翻了两本书，一本是《论语别裁》，催眠工具；一本是外国某某文选，无意中遇到了茨威格的遗书。20 年前就看过，至今觉得这是篇伟大的文章。

我把它抄下来：

在我自愿、清醒地与人生诀别之前，有最后一义务需要我去完成，那就是向这个美丽的国度——巴西表示我由衷的感激。她如此友善、慷慨地给我和我的工作以憩息的场所。我对她的爱与日俱增。与我操同一种语言的世界，对我来说，业已沉沦，我的精神故乡欧罗巴已自我毁灭，从此以后，我更愿意在此地重建我的生活。但是，一个年逾六旬的人，再度重新开始，是需要强大意志的，而我的力量却因常年无家可归、浪迹天涯而消耗殆尽。所以，我认为还不如及时不失尊严地结束它为好。对我来说，脑力劳动是最纯粹的快乐，个人自由是这个世界最崇高的财富。我向我所有的朋友致意！愿他们在漫漫长夜之后能看到朝霞！而我，一个格外焦急不耐的人，要先他们而去了！

斯蒂芬·茨威格，于彼得罗保利斯，1942年2月22日。

抄完这些话，心情很沉痛。为故人，为国家，为同胞，为悲愤的河山。

即使没有今天，也很沉痛，许久了。

今天不看电视。所有画面和声音我都知道，连同规定的表情和服装。

今天，我沉痛悼念我柔弱的同胞。

其实，珍惜同胞比悼念同胞更重要。尤其珍惜每个柔弱的生者，给之尊严，给之自由，给之安全，趁他们还活着的时候。

我已对这个空间丧失了最后的敬意。我从未像今天这么烦躁而不耐。

窗外蝉在叫，很疯狂，很痛心疾首，像在拼命呕吐。天凉了，它们即将落幕，在写遗书。

它们经历了一个恐怖夏天，水深火热的夏天。

阳光像刺刀。我又被划了一下。

明天，一定要发个新帖。一定要换件衣服。一定要跑步。一定要好好吃饭。一定要睡足觉。

2010年8月15日

谈谈墓地，谈谈生命

1

《圣经》上说，你来自泥土，又必将回归泥土。所以灵魂就选择了大地，所以坟墓最本色的位置即在泥石草木间。

那是生者和逝人会晤、交谈的地方。那是一个退出时间的人最让她（他）的亲者牵挂的地方。那儿安静、简易，茂盛的是草，是自己悄悄生长的东西。那儿没有人生，只有睡眠。那么多素不相识的人聚在一起，却不吵闹、不冲突。不管从前是什么，现在他们是婴儿，上帝的婴儿。他们像婴儿一样相爱，守着天国的纪律……他们没有肉体，只有灵魂；没有体积，只有气息。

一本书中提到，在巴黎一处公墓里，有位旅人发现了件不可思议的事：一座坟前竟有两块碑石，分别刻有妻子和情人的两段献辞。旅人暗想，一个多么幸运的家伙！他尤其称赞了那位妻子，对她的慷慨深为感叹。

我也不禁为这墓地的美打动了，为两个女子和一个男人的故事。在这个世界上，每个人都可能不止一次地爱上别人，也不止一次地被他人所爱，但谁又如此幸运地被两个彼此宽容、互不妒恨的人所理解和怀念呢？

倘若少了墓地，人类会不会觉得孤独而凄凉？灵魂毕竟是缥缈的，墓地则提供了一块可让生者触摸到逝者的地方，它客观、实在，有空间感和可觅性，这一定程度上抵御了死亡的寒冷和残酷。或许，在敏感的生者眼里，墓园远非冷却之地，生者可赋予它一切，给它新的呼吸、脚步、体温和思想……在那儿，人们和曾经深爱的人准时相遇，互诉衷肠，消弭思念之苦。

有位友人，20几岁就走了。周年祭，他的女友，将一首诗焚在墓前——

> 暮风撩起世事的尘埃，远去了
> 这是你离去后思念剥落的第一个夜晚
> 这是你吐血后盛开的第一朵君子兰
> R，永远别说你真的死了
> 只要她还活着，你深爱的人还活着
> 只要她每年的这时候都来看你
> 她会用自己的时间来喂养你
> 她的血，她的肌肤
> 你无处不在地活着
> 活在她深夜的梦呓和醒来的孤寂里
> ……
> R，永远别说你死了
> 一具女人的躯体
> 过去居住过你
> 如今，还居住着你

2

是生者的情感让墓地升起了炊烟？

中国人的烧纸，大概因了烟雾和灵魂皆有"缭绕"之感、形似神合、可融汇交合的缘故罢。但东方人对墓地的态度，显然不及欧洲那样深沉、浪漫而有力。

愈是宗教意绪强烈的民族，愈热爱和重视墓地，甚至视若家园的一部分。

我凝视过一些欧洲乡村墓地的照片，美极了。花草葱茏，光照和煦，与周围屋舍看上去那么匹配，一点不刺眼、不突兀，一点没有歧视的痕迹……难怪有人说，在欧洲，甚至在都市，墓园亦是恋人约会的浪漫去处。

我有点不明白，为何东方常把最恶劣的环境、把生命不愿涉足的地方留给墓地，留给那些无法选择的人。在传统的东方语境中，坟冢常给人落下"阴风、凄雨、黄沙、蒿草、狰狞、厉鬼"的印象，令人不寒而栗、恐避不及。

或许是不同的生命美学，尤其宗教意识缺席的缘故吧，墓地在东方视野里，总处于边缘位置，归于被冷落、遗弃和"打入另册"的角落，大有"生命不得入内"的禁区之嫌……所以，东方墓地便多了缕孤苦，少了份温情与眷顾，显得落落寡合、神情凄凉，给人以萧瑟之感。同时，东方人尤其中国人，对墓地的访问少得可怜，大多清明时才偶尔被催促，去拔拔草、烧烧纸——连这也多出于对鬼魂的忧惧，受习俗所驱。

而在西方，情形就完全相反了，墓地和教堂、公园一样被视作生活领地的一部分，处于生态圈的正常位置。在他们心中，生死之间好像并无太大的隔膜，从生活的间隙中去一趟墓地，无须太远的路程、太大的心理障碍和灵魂负重，无须特殊的理由和民俗约定……仪式上也简单、随意得多。西人对于墓地，不仅仅是尊重，甚至是热爱，他们给生死分配了同样的席位、同样的"居住"定义。

总之，墓地在东方文化中，是阴郁、沉疴和苦难的形象，在西方生活里，则温美、敞亮、生动得多。前者用以供奉，畏大于敬；后者力图亲近，意在厮守。

3

　　墓地，应成为人类生态中的一抹重要风景。

　　应以对生的态度对它，应最大限度给其以爱意和活性。一块好的墓地，看上去应和"家"一样，是适于居住的地方：干净、朴素、祥和，阳光、雨水、草木皆充足，符合生命的审美设计。因为它是灵魂永远栖息的地方，是生者寄存情感和记忆的所在，也是人世离天堂最近的宿营地。

　　我一直觉得，有些特殊职业，诸如"护林员""灯塔人""守墓者"等，较之其他生命身份，它们更具宗教感，更易养成善良、正直和诚实的品格。而且也只有这种品性的人来司职，才是恰当的，才适应这些角色。因为其工作内容太安静了，和大自然结合太紧密了，一个生命长期浸润在那样的环境中，与森林、虫鸣、溪水、海浪、月光——厮守，彼此依偎，互吮互吸，其灵魂必然兼容天地灵气，大自然的禀性和美质便露珠一样依附其体，无形中，生命便匹配了某种宗教品格和童话美德……

　　所以，在俄罗斯及其他的欧洲古典文学里，总会频频闪现一些富有人格魅力的"护林员""守墓人"形象。原因恐在此罢。

　　茨威格有篇散文——《世间最美的坟墓》，描述他在俄国看到的一幅情景："我在俄国所见景物中再没有比托尔斯泰墓更宏伟、更感人的了……顺着一条小道，穿过林间空地和灌丛，便到了墓前。它只是个长方形的土堆而已，无人守护，无人管理，只有几株大树……"托翁墓只是一方普普通通的土丘，没有碑，没有十字架，连姓名都省略了。这是托翁本人的心愿，据他的外孙女讲，墓旁那几株大树，是托翁小时候和哥哥亲手种的，当时他们听保姆说，一个人亲手种树的地方会变成幸福的所在……晚年的托翁某天突然想起了这事，便升起了一个念头，他嘱咐家人，将来自己要安息于那些树下。

茨威格叹道："这个比谁都感到名声之累的伟人，就像偶尔被发现的流浪汉、不为人知的士兵一般不留姓名地被埋葬了。谁都可进入他的墓地，围在四周稀疏的栅栏是从不关闭的——保护列夫·托尔斯泰得以安息的，没有任何别的东西，唯有人们的敬意……风儿在树木间飒飒响着，阳光在坟头嬉戏……成千上万来此的人，没有谁有勇气，哪怕仅仅从这幽静的土丘上摘一朵花作纪念。"

对有人来说，墓地就是他的一具精神体态、一副灵魂表情。托翁墓便和他的著作一样，为世间添了一份壮阔的人文景观。这个一生梦想当农民的人终于有了一间自己的"茅舍"，他休憩在亲手种植的荫凉里。

那荫凉，将随着光阴的飘移而愈发盛大。

世上有些墓地，虽巍峨，却缺乏自然感和生命性，法老的金字塔、中国的帝王陵……凸起的都太夸张、太坚硬，硕大的体积，捆着一团空荡荡的腐气，太具物质的膨胀力，太具侵略性和彰显欲望。总之，有一种疏远尘世的味道，虽威风凛凛，却远离了人间体息和泥土亲情，一点不像生命栖息的地儿，反倒给人落下个印象：那人的的确确熄灭了。

4

从生命美学的角度讲，我欣赏西方那种婚礼和殡仪——教堂、钟声、十字架、鲜花、誓言、祈祷……因为它格调庄重、清素，情感深沉、诚实；因为它对死亡的体贴和亲吻，因为它仪式中包含的神圣向度与寂静元素。

想起了身边的一些追悼会——

热热闹闹的一群"乌合"，若非特殊的场景暗示，单看与会者的神情，想必你连仪式的性质都弄不清。假惺惺的寒暄，提线木偶式的鞠躬，千篇一律的讲稿有几句肺腑？尤其那些一天不知要赶多少场子的领导，仓促贴在面皮上的"悲痛"像纸罩一样破绽百出、四下漏风。

纯粹闹剧，整一个雇佣军和戏班子。黑压压的阵容中，你找不到内心应有的庄重和寂静，只有窃窃私语的骚动、事不关己的冷漠……你替那幅没有表情的遗像冤屈，为那些无知无助的家属悲愤：为什么不拒绝？为什么不把这些例行公事的大员、不相干的戏客和"好奇先生""嚼舌太太"拒之门外？即使该来的没来，不该来的也一定不要来。

"死"本身是一种矗立，和"生"一样披覆尊严，它需要访问和垂怜，但拒绝轻薄和廉价的施舍。你须仰望，须心存虔诚和敬意，你脚步要轻，灵魂要诚实，要以生命的名义献上一份寂静、一炷心香……因为那个人，那个与你一样有着头颅、梦想、悲欢、家眷和不尽情思的逝者，你们都是生命，都有着惊人相似的生命共性。假如你实在做不到，无法献出这么多，那唯一的选择即远离，远离别人的不幸，免去打扰人家。一个没有悲痛感的人，对悲剧采取缺席的态度，也算是良知了。

我一直以为，葬礼应有极强的私人纯洁性，其驱动应来自情谊和爱。它拒绝喧嚣，应使用宗教礼仪，应排斥官方语言和公务色彩。人来到这儿，应彻底是受了心灵的委托，受了真情的邀请。否则，既对不起生命，也侮辱了我们未来的死。

我常常觉得，一个人对死的态度即对生的态度。一个不尊重死亡的人，其品行必然是低劣的。一个拿葬礼作游戏的群体，其生存精神必然是轻浮的。

5

读过徐晓女士一篇惊心动魄的文字：《永远的五月》。

它是我 10 年来读到的最感人的来自当代人的祭文——

深秋，我终于为丈夫选定了块墓地。陵园位于北京的西山，背面是满山黄栌，四周是苍松和翠柏……同去的五六个朋友都认为这地方不错，我说：'那就定了吧。'……我知道这不符合他的心愿，生前他曾表示要安葬在一棵树下。那应该是一棵国槐，朴素而安详，低垂着树冠，春天开着一串串形不卓味不香不登大雅之堂的白色小花。如果我的居室在一座四合院，我一定会种上一棵国槐，把他安葬在树下，浇水、剪枝，一年年地看着他长得高大粗壮起来，直到我老，直到我死……然而……我在心里说：鄘英，对不起……

周鄘英，一个把生命献给精神探索和良知事业的民间知识分子，一个拥有诸多美德而令所有结识他的朋友都为之骄傲的人。在同病魔抗争了4年后，1994年5月5日去世，年仅48岁。

朋友们把他的葬礼办成了一个告别会。既俭朴又隆重，哀乐是美国影片《基督最后的诱惑》的主题曲《带着这样的爱》，野花、松叶和绿草盖满了他的全身。他最后一次和大家在一起，告别之后，他将独自远行……

这是我所知道的当代最美和最诚实的葬礼了。它安静、幼小，纯洁得像个童话，像一盏乡村油灯，围拢着最好的朋友。它安静得像一页纸、一张课桌，刻着最简短的话，它被友情擦得那样光亮，不含一丝尘垢……
在物欲横流、一切正变得可疑的时代，有几人如此幸运？
这样的朋友！这样的妻子！这样的爱和声声呼唤！
史铁生代表大家致了悼词——

他的喜悦和忧愁从来牵系于人间的正义和自由，因而他的心魂并不由于一个身影的消逝而离我们遥远……鄘英，所有你的朋友，都不会忘记你那简陋而温暖的小屋，因其狭小，我们的膝盖碰着膝盖；因其博大，那儿连通着几乎整个世界。在世界各地你的朋友，都因失去你，心存一块难以弥补的空缺，又因你的精神永在，而感激命运慷慨的馈赠。郿英，你的亲人和我们在一起，你幼小的儿子将慢慢知道他的父亲，以你为骄傲并成为你的骄傲。郿英，愿你安息。郿英，在天在地，我们互不相忘。

1999年，我读到的书里，有一本是廖亦武编的《沉沦的圣殿——七十年代地下诗歌遗照》。在那里，第356页，我看到了周郿英的坟照和史铁生撰写的墓铭全文。我久久凝注那块白色碑石，它安静极了，安静得正直、高尚、年轻，俨然一副脸庞……猛然一记震颤，我觉出那照片中草和树影在动，有风，身体里有一股疾风倏地掠过，从脊背到胸腔，比时间还快。

接下来那个空荡荡的下午，我什么也不做，一直在想那位妻子和儿子，想那首女人的《永远的五月》……

又是春天，又是樱花盛开的季节……我会献上一个用白色的玫瑰和紫色的勿忘我扎成的花圈，然后默默地告诉他：郿英，我们的儿子将慢慢地知道你，他会以你为骄傲并将成为你的骄傲。郿英，在天在地，我们互不相忘！

在中国，在当代，她的美，她的庄严和深情，超过了诗，超过了一切友谊和爱情的神话。

6

所以对《永远的五月》如此钟情，还有一个私人情结："树葬"。

这是我私下的一个命名。一个人死了，我以为最好的方式便是葬于自家宅院的一棵树下，连坟、碑也不要……我一直以为，对生命和大自然来说，美的一个重要准则即"节约"。落叶归根，人也应像那些褪去绿色的叶子一样，尽快睡入泥土才是，任何外在的复杂都是一种烦恼——物质的浪费和精神的累赘。

人一旦成了一棵树，"死"也就转为一种生长，一种生生不已的存在。死即不再是一种毁灭，不再是可怕的终止和虚无。同时，人树相邻，日夜厮守，春华秋实亦能抚慰亲人的思念之苦，至少从精神上，抚摸一棵树和拥抱一具躯体是没大区别的。

想想吧，那些寂静无眠的时刻，那些雨滴石阶的深夜，听一棵茂盛大树浑厚的呼吸声……或深秋的一个傍晚，在地上拾起一片叶子，细细凝视那些叶脉，就像注视一个人手臂上的血管，就像注视爱人的一根发丝……

记得少时和儿伴们讨论来生做什么，别人都争当各种动物，我却莫名地表示：假若有来世，就生为一棵树……喜欢树，大概因为树带给一个孩子的礼物实在太丰盛了吧，樱桃、桑葚、槐花、蜂巢、松仁……那时我就隐约觉得：树和人的关系是最近最亲的，树是生命最好的搭档。有一年在乡下，我见过一株奇树：一棵粗壮的古柏，至少几百年树龄罢，树身围成一弧，中间竟怀着一株年轻的杨槐……当地还流传着一个"柏男槐女"的故事，大意是一对夫妻如何生离死别又转世相聚。

正是因为这些树的情结，我对徐晓女士的那声"对不起"深存一份感动和敬意。这是一个懂得死、懂得浪漫和怜惜、懂得生命之美的人，她知道什么是最好的安置亲人的方式，虽然当代生存资源不支持她那份"树葬"的愿望，但她把心痛亮出来了，有一天，她定会履践它、兑现它，或由他们的儿子去承续。

假如有一天，我离开了这个世界，我也希望有人能这样对我，能以这样的方式收藏我……将我埋于一棵树下，最好为一棵梧桐。

不过我是有一份忐忑的，那就是我的爱人。虽然渴望能被她永远收藏，渴望自己的灵魂能伴之左右——让那棵树守着我们的家，渴望爱人能在寂静的夜晚常去看望、抚摸那棵树……但我同时更觉出了一份痛：假如那时我们仍不算老，这意味着她将从此一个人熬过剩下的漫漫岁月，那棵树的存在，将使她无法再平静地开启新生活……

这是否公平？是否真符合我灵魂的想法？

她是一个什么样的女人？什么样的幸福对之才是一种真实的幸福？才使之不致委屈生命？

如果她做不到，或者我不希望她做到，那么我最大的愿望就是回到出生我的那个家，变成故乡的一棵树，变成父母身边的一棵树。

某个日子，假如她偶尔来到树下，我希望能看见她从我身上取走一片叶子……朋友也这样。我唯一能赠予他们的，也只有树叶了。

我要对他们说声：谢谢。

2002 年

一个房奴的精神大字报
——以一位女同事的牢骚为例

聊天日期：2007年4月一天。
聊天地点：北京"黑暗餐厅"。

3年前，我开始策划那个梦想：在这个没有边界、连鸟的脑雷达都会失灵的城池里，觅一处自己的巢。这是个弱不禁风的梦想，如果在北京，你就会承认这一点。每天上下班，我纤细的脖子总要拉直，向半空中那些巨幅的楼盘广告表示艳羡，我想，那一定是副可怜虫的媚态。广告牌的神情个个像"二奶"，也像鹭鸶，腿细而倨傲，她们被宠坏了。

到处都是埋伏，我知道。城市里趴满蜘蛛。她们就在那儿等你，在你每天的必由之路上。矜持而又随意，她们可不是站街女。我想起T台上的那些模特，她们大腿边的小挂牌，风铃状，就是专等时代的某一只手来摘的。一触即响，应声飞快，而且是欢快，少女胸腔里发出的那种。"银铃般的笑声"，老人们形容得真好。

风铃、蛛网，都是埋伏。都带着一股中央和环岛的傲慢。

或许城池本身就是一个天然埋伏。游户一进城，就掉入了一个圈套。

一座庞大的逻辑重重、吊诡烁烁的生存棋坪。

表面上名词，骨子里全是形容词，瞧瞧吧——

"爱琴海""水岸长汀""雨林水郡""枫丹白露""棕榈人家""爱丁堡""竹天下""假日花都""瓦尔登湖""野草莓地""格林小镇"……

这让我很气愤，表面上一本正经的名词，全他妈撺掇形容词的劲。全是季节、植物、词牌和名著符号，文化人干的酸事，说不定还有几个狗屁诗人的狐臭。我有一写诗的姐们，就去了地产广告公司，专门绣这些风花雪月的词，啥元素稀罕，就往词里搬啥，刚扶上几棵树苗就敢叫雨林，挖条水沟就惊呼地中海，地基有点坡度就堪称"云上的日子"……这根本不是打折，简直就是胡说。

这个时代的最大腐败就是滥用形容词。

我发誓，要买就买个名词注册的楼盘，就像嫁人嫁个忠厚人，别花花肠子。可我傻眼了，没有，这年头根本没有，把楼报图册睃个遍，甭想瞅见一个老实巴交的名词，比不喷农药的蔬菜还稀罕。既然绝望，索性就绝到底，直奔形容词而去，嫁个恬不知耻的家伙吧。这个怎么样？"诗意栖息，天堂隔壁"。牛皮吹得大吧？大得像郭德刚，属相声的，我喜欢。投奔庸俗和露骨，是因为我想放弃辨识，早投降早歇着。我弱智还不行吗？

在流氓中寻找意中人，在谎言里拣最轻的谎。谎言越公然，越不伤人。

干什么都耗油的时代，我愿做一盏省油的灯。

言归正传，期房，楼花。

真他妈越来越怀念人类的昨天，想想古代集市，你说那会儿的人多淳朴、多有安全感啊，买椟还珠、削足适履，反正大伙都笨，且以拙为德，"端木陶朱"就供奉了两千年，凭义取利，童叟无欺，一文银一分货，货比三家也累不到哪去，交钱拎货走人，省力省心省事。谁发明的期房这档子买卖啊？看不见摸不着，整一个大画饼！论起购物，我真想倒骑驴回去，回到千年前的东京汴梁，哪怕原始社会都成，物物交换——更本分、更实心不是？

想起开发商我就怀念旧社会。

参加过无数房展，可每次都从那巨大的鼎沸与喧嚣中逃离，旗子、喇叭、传单、概念、数据、飘带……旋涡里有股暴乱的戾气，一踏进就有种不祥、惶恐，大脑缺氧。沙盘楼景都像草莓蛋糕一样诱人，但我知道那不是诺言。我没有照妖镜，无力识别传说中的那些陷阱和烟雾，我不是人家的对手。我害怕复杂，我30年的快乐全仰仗简单和清晰。可城市就这么复杂，生活就这么复杂，不仅结构复杂，程序和路径也深奥无比，它逼你去学知识、练眼力、壮胆魄，以应对复杂和深奥，否则结局只有一个：你成了"复杂"的受害者！你沦为"深奥"的牺牲品！

我多么羡慕那个叫舒可欣的酷男，舒可欣你知道吗？就是京城那个著名维权律师，他天天挥舞披荆斩棘的手势打各种缠绕房产的官司。能代表良心、激情和鲁迅，他多么伟大！我曾近距离采访过这张脸——相当于《高端访问》里水均益和阿拉法特的间隔。谈到他为之奋斗的那些人，他总是愤怒，那是一种面对阿Q的愤怒，好像总在说：你们怎么这么惯于被欺？怎么能这般忍辱？那是一种混合着关怀和鄙夷的愤怒。尊敬的舒老师，一张典型的国字脸，因愤怒而更加饱满。他很复杂，因复杂而强大而蓬勃。他用自己的复杂同对手的复杂英勇搏斗，那是你中有我我中有你的胶着战、焦土战。可我不行。舒老师您再怎么鼓励和生气都没用。我就是这么没出息，我就是您不争气的衰民、睡民、奴民。记得那次采访结束时，您狐疑似的扫了我一眼，您一定瞧出来了：这女记者虽套着CCTV的马甲，但生活中是碗稀饭，根本当不了自己的信徒！

不错，我还没正式买房，就早早被您说的那些事吓瘫了。

不过，我深深知道您是对的。生活需要战斗，您就是这个时代的战斗机。乌云的天空中,需要您雄鹰般的身影。像您这样的,一千架、一万架才好。

我租住在四环边一座高架桥畔的公寓。很便宜,也不便宜,月租一千二。

夜晚,我会打开小区的业主论坛瞥两眼,那儿充满了一股火药味,或者说"舒可欣味":车位侵占、物业告示、电气收费、罚款通知、最后通牒、狗咬人事件、电梯断电真相、业委会内讧、民主选举、罢免倡议书、水污染调查……几乎所有人都在紧张地防范,或者进攻,都在火热地参与什么波澜壮阔的大事……大家都在提高智商、锤炼逻辑、狂补法律,争取变得更强大更彪悍、更振振有词和不吃亏。这就是生活,电视剧《亮剑》精神激励下的生活,晚饭后至入睡前的小区夜生活,亦即舒律师号召的向前冲不要向后仰的义勇军生活。

我跟不上,我俨然一个被淘汰了的人,一只作壁上观的壁虎。可是舒老师您知道吗?要战斗就得怀揣炸药,就要全身披挂,而我天生骨软,背不动那些装备。我只想轻轻松松,最好一股敌人都遇不上。换句话说,我属于那类人:只想着早一点开始生活,而不想在准备生活上花太多心思,耗太多元气;我从不去想改造这个时代而只做虚构时代的美梦;我不想维什么权,我只怔怔地看着别人维权;我一点不想参加革命,却白白享受革命结出的果实。我对你们的敬意抵消不了我自私的嘴脸,我怯弱得近乎小人,我很卑鄙是么?要搁战场上,您早把我当逃兵给毙了是么?唉,幸好我是女人,否则没有女人在我身边会有安全感。

我无法自我器重,也一丁点不喜欢自己,但我爱自己。我知道马克思说得对,改造世界比解释世界伟大,我知道只贪图私生活的人是可耻的,但我确实不爱打架,一闻见硝烟就窒息,这叫性格或人格哮喘?

终于有一天,我买下了自己的楼花,那个叫"诗意栖息"的画饼。

我订的是90平方的那种饼。

不挑拣了，固执的感觉真好。我悲壮地接过笔，在一叠房贷书上画押签字。抛去首付，50万人民币，20年还清。20年，按世界妇女的平均寿命，我还有两个20年。鬼使神差，签完名，我竟情不自禁在后面缀了个句号，连房贷员都愣了神。对不起，不是故意的！那一刻，我有一种"生活，真正开始了"的激动，再不用失魂落魄地出没于展会了，再不用苍蝇般叮那些蛋糕沙盘了，再不用诚惶诚恐地怀疑自己智商了。我发誓，本小姐此生绝不再购房。

别了，开发商。别了，万恶的房展会，见鬼去吧！

尔后，我打车直奔那块堆满垃圾的地皮。既然破败，那就深情地欣赏它的破败吧，还有荒凉之上矗立的宣言："诗意栖息，天堂隔壁！"不对，那壁字怎么错了啊？开发商竟把"壁"写成了"璧"！

400多个日夜过去了，荒凉终于长出了庄稼。虽然距"天堂"很远，但我不失望，因为未奢望。什么量房啊、查验啊、测室内空气啊，统统与我无关，我是照单全收。收房那天，别人都带着水盆、卷尺、锤子、乒乓球、计算器……我知道，这些整套的收房工具都出自网上的理论仓库，正规军装备。我赤手空拳，根本不打算遇敌。事实上，啥硝烟也没闻见，没谁顾得上和开发商切磋，大家都乖乖地交钱、开单，收款台前长长的列队像幼儿班一样听话。

从此，兜里多了一串有分量的钥匙。这是楼板的分量，这是"业主"一词的分量。虽然分量的大半还攥在银行手里。

狗屁精装，入住仨月：笼头坏掉俩，水管漏了一回，门吸磕掉一个，墙漆脱落一片。但骂人不等于生气，这类事我再熟悉不过了，在社区论坛、网上留言，在别人的新闻和我接触的新闻里，一切都太熟悉太正常。惊诧啥？以为你是在美利坚呀！

白天，我更玩命地干活，每月多做0.5个片子。我要为银行加班，我要为房子进贡,我要为它奋斗终生。一俟晚上,房子就为我效劳了,它像一个松软的鸟巢,收藏我的疲惫和凌乱羽毛。总之,入住的头两个月,整体上还算是"痛并快乐着",可渐渐,快乐像咖啡沫一点点瘪下去。

房子位于五环外,一段地铁加一截轻轨加三站公交,往返仨小时,加上京城独步天下的"首堵",每天都感觉像是在出差。回到小区,夜色已浓似酱油,27层的梯门徐徐闪开,直觉得头晕,晕机晕船的恶心。房门在身后"砰"地扣锁,我意识到自己进了一个抽屉,一个昂贵的抽屉,一个冰凉的悬空的抽屉,一个不分东南西北的抽屉,一个闷罐无声的抽屉……我弄不清我究竟是生活在里面,还是躲在或被关在了里面?究竟这抽屉属于我,还是我被许配给了这抽屉?我感觉自己就像只蟑螂或小白鼠,是被强塞进来给抽屉填空的。究竟谁消费谁、谁支配谁呢?我有点恍惚了。也不知道周围的抽屉里都装着谁?或者空空荡荡……原以为有了这样一个抽屉,生活就此开启,可为何仍无"到位"的感觉呢?一切如故,没有变。

这个小区,按北京流行的说法,乃名副其实的"睡城"。也就是说,大家在这儿的所谓生活,主打内容就一项:睡。早出晚归,来此就是住宿,别的谈不上。全是菱角塔楼,形体、高度、外观清一色,楼距很小,没啥闲地可遛可呆,连狗都不愿出门。或者说连狗都惧怕出门,因为一旦和主人走散,就甭想回来了。

那么,我倒霉的抽屉,所谓的家又如何定位呢?有一次走在楼下,我突然意识到这个问题。仰头望,我发现其实根本找不见自己的窗户,我举着手指,嘟囔着数高,直到头晕目眩,也没敲定27层的位置,所有的窗户都表情一致,那是一种嘲笑的表情,它们在嘲笑我。你尝过站在自家楼下——却愣是瞅不见家的感觉吗?这感觉让人发疯。

这么说来,我辛辛苦苦挣来的家,不过是城市里的一片马赛克?一块带编号的砖?一帖署名的瓷片?每天的所谓回家,莫非只是为了走回那个编号,像进电影院般对号入座?唯一区别即我买的是年票?70年通票?

除了那串编号,我还能用什么来描述我的家呢?我还有让别人找到我的其他线索吗?我甚至想,如果某一天我突然失忆,老年痴呆,或其他原因忘了那个编号,我怎么回家呢?这么一想,我真的害怕了,因为忘掉数字对我来说乃家常便饭,电话号码、身份证号、信用卡、存折、电子邮箱的密码……在我脑褶里从来就是一团糨糊。

那天过后,我郑重地做了一件事:把我所在的小区、楼号、单元、门牌——工工整整地抄在手机记事簿里(我想,如果哪天我暂时失忆或脑子短路了,至少聪明的警察能发现这条重要线索且把我送回家罢。当然,也仰仗那位警察的想象力)。我发誓,我没开玩笑!我是严肃的。

我成了个胡思乱想的人。女友怜惜地说:你是不是病了?这就是最正常的生活啊。我想,我可能真是病了。她说,结婚吧,俩人就好了。唉,结婚又怎样呢?抽屉里关一只蟑螂和关两只蟑螂区别大吗?

小区的业主论坛我很少看,最近去竟吓了一跳,那儿已变成了滑铁卢!无数人在厮杀,无数帖子在冲锋,无数口水在飞舞,混乱得像台湾选举。原来都是自来水惹的祸,小区水发黄发浊,早就是事实,开发商称已申请将自采水转为市政水,可迟迟按兵不动,清理水井的承诺也未见行,现有采水面太浅,易受邻近药厂污染。奇怪的是,明明大家有一个公敌——开发商,可到头来竟同室操戈,变成一场业主内乱,很有点法国大革命雅各宾派和吉伦特派的味道,激进者要拉横幅在小区里游行,温和派呼吁理性和秩序,还有就是水样检测、组织抗争需要的经费,靠自愿集资还是公摊均担……我好奇地打开一张贴图,那是激进派狂草的一条横幅:不在沉默中爆发,就在沉默中死去!还有一条颇像行为艺术的创意:号召大家在各自窗户上贴一幅字——一个大大的"水"!理由是这样最能吸引媒体,因为这是个形式大于一切的年代!

唉,我又叹了口气。一个远离革命的卑鄙者的叹息。不知怎的,我非但不沮丧,不为水的命运担心,反而有点快慰,这至少证明了一个事实:这座睡城还是有激情的!这个池塘还是有波澜的!

可我渐渐发现,这波澜仅仅限于网络池塘,现实中没丝毫响动,仿佛一切都发生在梦游里。一连几天,我没瞅见一面贴"水"的窗户,整个小区的白天都平静得很,连人影都很少。而一到了深夜,网上又变成了集市,昨夜的池塘又登场了,依然是蛙声一片,鼓角连天。这究竟怎么回事?

在这个如火如荼的池塘里,我没有敌人,也没有朋友,除了懒洋洋拖一下鼠标,俨然一条眯眼睡觉的泥鳅……一位同事说:正因为你没有敌人,才没有朋友!他还说,知道什么叫生活吗?生活就是博弈!

靠,生活怎么变成博弈了呢?怎么所有人都满嘴舒可欣口气?舒可欣,一支流行牙膏?

我还是不甘。我就是不甘。生活怎么是博弈呢?你们有没有搞错?"准备生活"怎么能随便和"生活"混为一谈呢?博弈顶多是为生活而做的准备,就像革命是为了从此不再革命,是为了今后好好过日子,革命怎么能成为革命目的呢?博来博去精疲力尽奄奄一息而真正的生活啥时候开始?你们说自己一直在生活,说眼下的斗争就是生活,可我怎么觉得这仅仅是生存而远非生活呢?炮声一歇巴顿就撞树死了,因为那是他唯一的快感,你们从眼下的斗争中也获得了快感?如果准备生活占据了我们的全部时间,那纯粹的人生又在哪里?

啥才算真正生活?

从前人不是这样过的,未来人也不是这样过的,为什么今天就非得这样?就只剩下这样呢?生活的本来面目是什么?谁还记得它从前的模样?300年前,张潮的《幽梦影》说:"春听鸟声,夏听蝉声,秋听虫声,冬听雪声;白昼听棋声,月下听箫声,山中听松声,水际听款乃声……方不虚生此耳。"

方不虚生此耳。和古人相比,我活得像混凝土。全世界都像混凝土。每个人都是一块砖。一块失魂落魄的砖。一块在纸币大风中起落的砖。

我采访过一个行为艺术家,叫莽夫。一开发商拿出一外形像摇篮或褓裸的玻璃房,请他在楼盘前做一次题曰"哺乳"的生存试验:为期30天,吃喝拉撒睡全在其中,同时配给他的,还有一只婴儿奶瓶、一个能放大50倍的望远镜,一本记事簿,随你怎么折腾,不外出就行。

开发商宣称此举是向公众展示自己的住宅理念:好楼盘就像一只奶瓶,给人提供最大的哺乳和滋养。我对开发商的胡说不感兴趣,只对这个可怜的居民有好奇,因为那个密封容器让我想起了自己的抽屉,我想知道这一个月刑期他干了些什么,他又能干什么。

采访让我失望,艺术家除了骂娘,啥也懒得描绘。他说就是为挣钱、没别的。或许看出了我的沮丧,作为补偿,他说望远镜帮了他大忙,让他干了几桩有意思的事:搜索鸟、树、星星……丫的,方圆一公里,总共只找出9只鸟、12棵树。他恶狠狠说。

呵呵,我笑了。片子做不成,但我挺开心。我觉得他和我有点像。我们都有点不正常。

险要没话说时,他突然问:买房了吗?我说买了。贷款?我点点头。他叹口气,有点可怜地望着我:有一天,午睡醒来,发现玻璃外面趴着一只蜗牛,蜗牛——真他妈奇迹,这地儿还能遇见蜗牛!开始我多么感激这蜗牛,它终于让我有事做了,可慢慢的,我觉得难受,视觉上不舒服,它爬得如此慢,如此奴隶般辛苦,就是因为它要驮着自己的房子过一辈子,它要为那个壳终生服役。我才不那么傻,我不买房,我不能让一个壳子来剥削我,我不能背着房子走路,那样会把魂给丢了的。

我隐隐动容，这是个伟大的家伙。他的话很玄，带着股神谕或暗器的风力。

但你总要有自己的房子吧？我问。

那我就回家种田去，在自家地里建房。他满脸兴奋，仿佛这是个早有答案的问题。回老家去，我是农村户口，家里有地，有菜园，我要砌一个真正的房子，不是你想的那种别墅，是我们老家最普通的那种，那才叫真正的房子，连天衔地，坐北朝南，有鸡飞狗跳，有春夏秋冬……你住几层？他突然想起了什么。

27层，我有点心虚了。

唉，他又悲天悯人地摇摇头。知道吗？你们现在住的只能勉强叫室，根本不能叫"屋"，更不配叫"宅"。"屋"是四壁完整、基顶俱全的一个独立系统，而"宅"是有院落的，前庭后园，有树有景，那是个更生动丰富的系统。现在的房，叫房都有点夸张，充其量是一个"位"，如同公共汽车上的一个座，车厢就是整个楼……还有，人无论如何都不能住得比树高，这不合天道，你想啊，鸟是世上活得最高的动物，可最高的鸟也不过是住到树这一层，上苍造树，就是为生灵挡风避雨、蔽日养荫的，你住得那么高，树的这个功能就浪费了，或者说，树的这个道德就不见了，这等于违反造物之理，辜负天道美意。悖天行，则命短……

我听得傻傻地说不出话。想逃，可拔不动腿。

吓着你了吧？嘿嘿，莫怕莫怕。他收起智慧，又恢复了邋遢与憨厚。

我又不是灵芝仙草，住这么滋润干吗？你懂风水？我问。

不，他摇头。他说上面那番意思是他这30天看高楼大厦看出来的。

后来他又说啥我忘了，除了一句。他说：人不能给自己造一座山。

是啊，房子源于山水草木，乃大自然赐予人的礼物，可它何时变成人身上的一座山了呢？人对房子何以变得敌视？人何以变成自己工具的工具了呢？

  我们还有能力让事物恢复它的本来面目吗？我们还有足够的警觉与灵性被唤醒吗？

2007 年 5 月

精神明亮的人

1

19世纪的一个黎明,在巴黎乡下一栋亮灯的木屋里,居斯塔夫·福楼拜在给最亲密的女友写信:"我拼命工作,天天洗澡,不接待来访,不看报纸,按时看日出(像现在这样)。我工作到深夜,窗户敞开,不穿外衣,在寂静的书房里……"

"按时看日出",我被这句话猝然绊倒了。

一位以面壁写作为志的文豪,一个如此吝惜时间的人,却每天惦记着日出,把再寻常不过的晨曦视若一件盛事,当作一门必修课来迎对,为什么?

它像一盆水泼醒了我,浑身打个激灵。

我竭力去想象、模拟那情景,并久久地揣摩、体味着它……

陪伴你的,有刚苏醒的树木,略含咸味的风,玻璃般的草叶,潮湿的土腥味,清脆的雀啼,充满果汁的空气,仍在饶舌的蟋蟀……还有远处闪光的河带,岸边的薄雾,红或蓝的牵牛花,隐隐颤抖的棘条,一两滴被蛐蛐声惊落的露珠,月挂树梢的氤氲,那蛋壳般薄薄的静……

从词的意义上说,黑夜意味着偃息和孕育;而日出,象征着诞生和伊始,乃富有动感、饱含汁液和青春性的一个词。它意味着你的生命画册又添置了新的页码，你的体能电池又注入了新的热力。

正像分娩不重复，日出也从不重复。它拒绝抄袭和雷同，因为它是艺术，是大自然的最宠爱的一幅杰作。

黎明，拥有一天中最纯澈、最鲜泽、最让人激动的光线，那是灵魂最易受孕、最受鼓舞的时刻，是最青春荡漾、幻念勃发的时刻。像神性的水晶球，它唤醒了我们对生命的原初印象，激活了体内沉睡的某群细胞，使人看清了远方的事物，看清了险些忘却的东西，看清了梦想、光阴、生机和道路……

迎接晨曦，不仅是感官愉悦，更是精神体验；不仅是人对自然的阅读，更是大自然以其神奇作用于人的一轮撞击。它意味着一场相遇，让我们有机会和生命完成一次对视，有机会深情地打量自己，获得对个体更细腻、清新的感受。它意味着一次洗礼、一桩被照耀和沐浴的仪式，它赋予生命以新的索引、知觉，新的闪念、启示与发现……

"按时看日出"，乃生命健康与积极性情的一个标志，更是精神明亮的标志。它不仅代表了一记生存姿态，更昭示着一种爱生活的理念、一种生命哲学和精神美学。

透过那橘色晨曦，我触摸到了一幅优美剪影：一个人在给自己的生命举行升旗！

2

与福楼拜相比，我们对自然又是怎样的态度呢？

在一个普通人的生涯中，有过多少次沐浴晨曦的体验？我们创造过多少这样的机会？

仔细想想，或许确有过那么一两回吧。可那又是怎样的情景呢？比如某个刚下火车的凌晨——

睡眼惺忪，满脸疲态的你，不情愿地背着包，拖着灌铅的腿，被人流推搡着，在昏黄的路灯陪衬下，挪向出站口。踩上站前广场的那一刹，一束极细的猩红的浮光突然鱼鳍般游来，吹在你脸上——你倏地意识到：日出了！但这个闪念并没有打动你，你丝毫不关心它，你早已被沉重的身体击垮了，眼皮浮肿，头疼欲裂，除了赶紧找地儿睡一觉，你啥也不想，一秒也不愿多呆……

或许还有其他的机会，比如登黄山、游"五岳"：蹲在人山人海中，蜷在租来的大衣里，无聊而焦急地看表，终于，人群开始骚动，巨大的欢呼声中，大幕拉开……然而，这一切都是在混乱、嘈杂、拥挤不堪中进行的，越过无数的后脑勺和下巴，你终于看见了，和预期的一模一样——像升国旗一样准时，规定时分、规定地点、规定程序。你突然惊醒：这是早就被设计好了的，早就被导游、门票、地图和行程计算好了的。美则美，就是感觉不对劲：有点失真，有人工之痕，且谋划太久，准备得太充分。

而更多的人，或许连一次都没有！

一生中的那个时刻，他们无不蜷缩在被子里。他们在昏迷，在蒙头大睡，在冷漠地打着呼噜——第一万次、几万次地打着呼噜。

那光线永远照不到他们，照不见那身体和灵魂。

3

放弃早晨，意味着什么呢？

意味着你已先被遗弃了。意味着你所看到的世界是旧的，和昨天一模一样的"陈"。仿佛一个人老是吃经年发霉的粮食，永远轮不上新的，永远只会把新变成旧。

意味着不等你开始，不等你站在起点上，就已被抛至中场，就像一个人未谙童趣即已步入中年。

多少年，我都没有因光线而激动的生命清晨了。

上班的路上，挤车的当口，迎来的已是煮熟的光线、中年的光线。

在此之前，一些重要的东西已悄悄流逝了。或许，是被别人领走了，被那"按时看日出"的神秘之人（你周围一定有这样的人）。一切都是剩下的，生活还是昨天的生活，日子还是以往的日子。早在天亮之前，我们已下定决心重复昨天了。

这无疑令人沮丧。

可，即使你偶尔起个大早，忽萌看日出的念头，又能怎样呢？

都市的晨曦，不知从何时起，早已变了质——

高楼大厦夺走了地平线，灰蒙蒙的尘霾，空气中老有油乎乎的腻感，挥之不散的汽油味，即使你捂起了耳朵，也挡不住车流的喇叭。没有合格的黑夜，也就无所谓真正的黎明……没有纯洁的泥土，没有旷野远山，没有庄稼地，只有牛角一样粗硬的黑水泥和钢化砖。所有的景色，所有的目击物，皆无施洗过的那种鲜艳与亮泽、那抹蔬菜般的翠绿与寂静……你意识不到一种"新"，察觉不到婴儿醒时的那种清新与好奇，即使你大睁着眼，仍觉像在昏沉的睡雾中。

4

千禧年之际，不知谁发明了"新世纪第一缕曙光"这个诗化概念，再经权威气象人士的加盟，竟铸造出了一个富含高科技的旅游品牌。据说，浙江的临海和温岭还发生了"曙光节"之争（紫金山天文台将曙光赐予了临海的括苍山主峰，北京天文台则咬定了温岭。最后各方妥协，将"福照"大奖正式颁给了吉林珲春）。一时间，媒体纷至沓来，电视直播，山庙披红，门票狂飙，那峦顶更成了寸土寸金的摇钱树，其火爆俨然当年大气功师的显灵堂。

其实，大自然从无等级之别，世纪与钟表也只是人类制造，对大自然来说，并无厚此薄彼的所谓"第一缕"……看日出，本是一件私人性极强、朴素而平静的生命美学行为，一旦搞成热闹的集市，也就失去了其本色和底蕴。想想我们平日里的冷漠与昏迷，想想那些灵魂的呼噜声，这种对光阴的超强重视实为一种讽刺。

对一个习惯了漠视自然、又素无美学心理的人来说,即使你花大钱购下了山的制高点,又能领略到什么呢?

爱默生在《论自然》中写道:"实际上,很少有成年人能真正看到自然,多数人不会仔细地观察太阳,至多他们只是一掠而过。太阳只会照亮成年人的眼睛,但却会通过眼睛照进孩子的心灵。一个真正热爱自然的人,是那种内外感觉都协调一致的人,是那种直至成年依然童心未泯的人。"

福楼拜,即这种童心未泯的人。还有梭罗、史蒂文森、普里什文、蒲宁、爱德华兹、巴勒斯……我敢断言,假如他们活到今天,在那"第一缕曙光"照着的地方,一定找不着他们的身影。

无论何时何地,我们只有恢复孩子般的好奇与纯真,只有像儿童一样精神明亮、目光清澈,才能对这世界有所发现,才能比平日里看到更多,才能从最平凡的事物中注视到神奇与美丽……

成人世界里,几乎已没有真正生动的自然,只剩下了桌子和墙壁,只剩下了人的游戏规则,只剩下了同人打交道的经验和逻辑……

值得尊敬的成年人,一定是那种"直至成年依然童心未泯的人"。

5

在对自然的体验上,除了福楼拜的日出,感动我的还有一个细节——

苏联作家康·巴乌斯托夫斯基在《金蔷薇》中引述过一位画家朋友的话:"冬天,我就上列宁格勒那边的芬兰湾去,您知道吗,那儿有全俄国最好看的霜……"

"最好看的霜",最初读到它时,我惊呆了。因为在我的生命印象里,从未留意过霜的差别,更无所谓"最好看的"了。但我立即意识到:这记存在,连同那记投奔它的生命行为,无不包藏着一种巨大的美!人类童年的美,灵魂的美,艺术的美。那透过万千世相凝视它、认出它的人,应是可敬和值得信赖的。

和那位画家相比,自己的日常感受原是多么粗糙和鲁钝。我们竟漏掉了那么多珍贵的、值得惊喜和答谢的元素。

它是那样地感动着我。对我来说,它就像一份爱的提示,一种画外音式的心灵陪护。尽管这世界有着无数缺陷与霉暗,生活有着无数的懊恼和沮丧,但只要一闪过"最好看的霜"这个念头,心头即明亮了许多。

许多年过去了,我一直收藏它、憧憬它。有好多次,我忍不住向友人提及它,我问:你可曾遇见过最好看的霜?

虽然自己同无数人一样,至今没见过它,也许一生都不会相遇。但我知道,它是存在的,无论过去、现在或未来……

那片神奇的生命风光,它一定静静地躺在某个遥远的地方。

它在注视我们呢。

2001 年 12 月

当她十八岁的时候

康·巴乌斯托夫斯基在《一篮枞果》中讲了这样一个故事：

挪威少女达格妮是一位守林员的女儿，美丽的西部森林使她出落得像水仙一样清纯，像花朵一样感人。18岁那年，她中学毕业了，为了迎接新生活，她告别父母，投亲来到了首都奥斯陆。

6月的挪威，已进入"白夜"季节，阳光格外眷恋这个童话般的海湾，每天都赖着不走。

傍晚，达格妮和姑母一家在公园边散步。当港口那边的"日落炮"响起时，突然飘来了恢宏的交响乐声。

原来公园在举行露天音乐会。

她挤在人群中，使劲地朝舞台眺望。

猛然，她一阵颤动，报幕员在说什么？她揪住姑母的衣服，几乎不敢相信自己的耳朵——

"下面，将演奏我们的大师爱德华·格里格的新作……这首曲子的献辞是：献给守林人哈格勒普·彼得逊的女儿达格妮·彼得逊——当她年满18岁的时候。"

达格妮惊呆了。这是给自己的？为什么？

音乐响起，如梦如幻的旋律似遥远的松涛在蔚蓝的月夜中汹涌，渐渐，少女的心被震撼了，她虽从未接触过音乐，但这支曲子所倾诉的感觉、所描述的景象、所传递的语言……她一下子就懂了它！那里有西部大森林的幽静、清脆的鸟啼、黎明的雾、露珠的颤动、溪水的欢唱、松软的草地、牧童和羊群，有云雀疾掠树叶的声音，还有一个拾枞果的小女孩颤颤的身影……她被深深感动了，隐约想起了什么。

10年前，她还只是个满头金发的小丫头。

深秋的一天，小女孩挎着一只小篮子，在树林里拾枞果。幽静的小路上，她突然看见一个穿风衣的陌生人在散步，看样子是从城里来的，他望见她便笑了……他们成了好朋友，一起摘枞果，采野花，做游戏……最后，陌生人一直把她送回家。就要分手了，她恋恋不舍：我还能再见到您吗？陌生人也有些惆怅，似乎在想心事，末了，他突然神秘一笑："谢谢你，美丽的孩子，谢谢你给了我快乐和灵感，我也要送你一件礼物——不，不是现在，大约要10年以后……记住，10年以后！"

小女孩迷惘着用力点点头。

时光飞逝，森林里的枞果熟了一季又一季，那位陌生人没有再来……她想，或许大人早就把这事给忘了吧。

小女孩也几乎把这事给忘了。

此刻，达格妮什么都明白了。那曾与自己共度一个美好秋日的，就是眼前曲子的主人：尊敬的大师爱德华·格里格先生。

音乐降落时，少女流泪流满面，她竭力忍住哽咽，弯下身子，把脸埋在双手里。那一刻，她觉得自己是世上最幸福的人！

演出结束了，达格妮再也抑制不住激动，她像一只惊羞的小鸟，朝着海滩拼命跑，似乎只有大海的胸怀，才能接纳她。

在海边，在6月的白夜，她大声地笑了……

巴乌斯托夫斯基感慨："有过这样笑声的人是不会丢失生命的！"

最初读到这个故事，我立即被它的美强烈地摄住了。被大自然的美，童年的美，少女的美，尤其被它通体洋溢的那股幸福感，旋涡一样的幸福……（后来我才知，大师赋予这首曲子的主题，恰恰就是"女孩子的幸福"）

这样的经历，对一个孩子的灵魂将产生多么高贵的影响啊！少女明亮的笑声中包含了多么巨大的憧憬，多少对生命的信心、感激和热爱……谁也不会怀疑，这个幸运的少女会一生勇敢、善良、诚实……她会努力报答这份礼物，她要对得起它，不辜负它！她决不会堕落，决不会庸俗，决不会随波逐流……她会用一生来追求美，她会在很久以后的某个夜晚，深情地将这个故事讲给子孙听。她会在弥留之际，在同世界告别的时候，要求再听一遍那支曲子……

　　后代也将像她一样热爱这支曲子。和她一样，他们是不会丢失生命的。

　　一切美好得不可思议！

　　这是我所知道的，由音乐送出的最烂漫的花篮，最贵重的成年礼。而达格妮，也是世上最幸福和幸运的少女。

2001 年

向儿童学习

每个人的身世中,都有一段称得上"伟大"的时光,那就是他的童年。泰戈尔有言:"诗人把他最伟大的童年时代,献给了世界。"或许亦可说:孩子把他最美好的童贞,献给了成人社会。

孩提的伟大在于:那是个怎么做梦都不过分的季节,那是个深信梦想可以成真的年代……人在一生里,所能给父母留下的最美好的馈赠,莫过于其童年了。

德国作家凯斯特纳在《开学致词》的演讲中,对家长和孩子们说——

"这个忠告你们要像记住古老纪念碑上的格言那样,印入脑海,嵌入心坎:那就是不要忘怀你们的童年!只有长大成人并保持童心的人,才是真正的人……假若老师装作知晓一切的人,你们要宽恕他,但不要相信他。假如他承认自己的缺陷,那你们要爱戴他……不要完全相信你们的教科书,这些书是从旧的书里抄来的,旧的又是从老的那里抄来的,老的又是从更老的那里抄来的……"

作家的最后一句话让我激动得几乎颤抖了。他这样说——

"现在想回家了吧,亲爱的小朋友?那就回家去吧!假如你们还有一些东西不明白,请问问你们的父母。亲爱的家长,如果你们有什么不明白的,请问问你们的孩子。"

请问问你们的孩子!多么精彩的忠告啊。

公正的上帝，曾送给每个生命一件了不起的礼物：葱茏的童年！可惜，这葱茏在很多人眼里似乎并无价值，结果丢得比来得还快，褪得比生得还快。

儿童的美德和智慧，常被成人粗糙的双目忽视，常被不以为然地当废电池扔进岁月的纸篓。很多时候，孩提时代在教育者那儿，只被视作一个待超越的初始期，一个不达标的低级状态……父母、老师、长辈都眼巴巴焦急地盼着，盼他们尽早摆脱这种幼稚和单薄，"从生命之树进入文明社会的罐头厂"（凯斯特纳），尽早地变作和自己一样"散发着罐头味的人"——继而成为具有呵斥下一代资格的"正式人"和"成品人"。

也就是说，儿童在成人眼里，一直是被当作不及格、非正式、未成型、待加工的生命类型来关爱与呵护的。

实在是天大的误会。天大的错觉。天大的自不量力。

1982年，美国纽约大学教授尼尔·波茨曼出版了《童年的消逝》一书。其观点即捍卫童年！作者呼吁，童年概念是与成人概念同时存在的，儿童应充分享受大自然赋予的童年生活，教育不应为儿童未来而牺牲儿童现在，不能从未来的角度提早设计儿童的当下生活……美国教育家杜威也指出："生活就是'生长'，一个人在某一阶段的生活，和另一阶段的生活同样真实、同样积极，其内容同样丰富，地位同样重要。因此，教育就是无论年龄大小都要为其充分生长而供应条件的事业……教育者要尊重未成年状态。"目前，国际社会普遍信奉的童年诉求包括：首先，须将儿童当"人"看，承认其独立人格；其次，须将儿童当"儿童"看，不能视为成人的预备；再者，儿童在成长期，应提供与之身心相适应的生活。

对儿童的成人化塑造，乃这个时代最丑最蠢的表演之一。而儿童真正的乐园——大自然的被杀害，是成人世界对童年犯下的最大罪过。就像鱼缸对鱼的罪过，马戏团对狮虎的罪过。

人要长高，要成熟，但成熟并非一定是成长。有时肉体扩张了，年轮添加了，反而灵魂萎缩、人格变矮，梦想溜走了。他丢了生命最初之目的和逻辑，他再也找不回那股极度纯真、天然和正常的感觉……

"回家问问孩子！"并非一句戏言、一个玩笑。

在关爱生命、反对杀戮、拥戴自然方面，有几个成年人能比孩子理解得更本色、履践得更彻底呢？

当成年人忙于砍伐森林、猎杀珍禽、锯掉象牙、分割鲸肉……忙于往菜单上填写熊掌、蛇胆、鹿茸、猴脑的时候，难道不应回家问问自己的孩子吗？当成年人欺上瞒下、言不由衷，对罪恶熟视无睹、对丑行隔岸观火的时候，难道不应回家问问自己的孩子吗？

有一档电视节目，播放了记者暗访一家"特色菜馆"的影像，当一只套铁链的幼猴面对屠板——惊恐万状、拼命向后挣扎时，我注意到，演播室的现场观众中，最先动容的是孩子，身心最震荡的是孩子，失声啜泣的也是孩子。无疑，在很多良知判断上，成年人已变得失聪、迟钝了。一些由孩子脱口而出的常识，在大人那儿，已变得嗫嚅不清、模棱两可、含糊其辞了。

应该说，在对善恶、正邪、美丑的区分，在对两极事物的判断、投票和站队上，儿童比成人要清晰、利落和果决得多。儿童生活比成人要天然、简明、纯净，他还不懂得妥协、隐瞒、撒谎、虚与委蛇等"厚黑"术。面对孤弱，他的爱意之浓、赠予之慷慨、割舍之坦荡，尤其令人感动和着迷，堪与最纯洁的宗教行为相媲美。

"天真"——这是我心目中对生命的最高审美了。

那时候，我们以为天上的星星一定能数得清，于是便真的去数了……

那时候，我们以为所有的梦想明天都会成真，于是便真的去梦了……

可以说，童年赐予我们的幸福、勇气、快乐、鼓舞和信心，童年所教会我们的高尚、善良、温情、正直与诚实，比人生任何一个季节都要多、都要丰盛。

有一次，高尔基拜访列夫·托尔斯泰，一见面，老人就对他说："请不要先和我谈您正在写什么，我想，您能不能给我讲讲您的童年……比如，您可以想起儿时一件有趣的事儿？"显然，在这位历尽沧桑的老人眼里，再没有比童年更生动和优美的作品了。

凯斯特纳的《开学致词》固然是一篇捍卫童年的宣言，令人鼓舞，让人感动和感激。但更重要的是：后来呢？有过童贞岁月的他们后来怎样了呢？一个人的童心是如何从其生命流程中不幸消失的？即使有过天使般笑容和花朵般温情的他又能怎样呢？到头来仍免不了钻进父辈的躯壳里去，以致你根本无法辨别他们——像"克隆"的产品一样：一样的臃肿、一样的浑浊、一样的功利、一样的俗不可耐、无聊透顶。

一个人的童心宛如一粒花粉，常常会在光阴的"塑造"中，被世俗经验这匹蟑螂悄悄拖走……然后，花粉消失，人变成了蟑螂。此即巴乌斯托夫斯基所说的"生命丢失"罢。

所谓的"成熟"，表面上是一种增值，但从生命美学的角度看，却实为一场减法：不断地交出与生俱来的美好元素和纯洁品质，去交换成人世界的某种逻辑、某种生存策略和实用技巧。就像一个懵懂的天使，不断地掏出衣兜里的宝石，去换取巫婆手中的玻璃球……

从何时起，一个少年开始学着嘲笑天真了，开始为自己的"幼稚"而鬼鬼祟祟地脸红了？

2001 年

从生命到罐头

很多时候,生命的"成长"表现为一条从简单到复杂、从明晰到混沌、从纤盈到臃肿、从摇篮到罐头的路径。

对少年心理有着诱惑和塑造功能的并非课本,而是成人世界的生活模型和价值面貌。不管少年的天性如何纯真,无论童年教育多么诗意和美好,一旦他离开童话和教室,面对实际的社会挑衅与竞争敌意——尤其生活的诸多不公、复杂人际和"潜规则",在经历了短暂的惊愕、迷惘、沮丧、失措后,他便开始了适应世俗原理、遵守集体契约的人生实习。

在这场旷日持久的追逐"成年"的游戏中,一方面,他为自己的稚气惴惴不安、羞愧难当,陷入深深自卑——他狠狠撕毁童年的名片,宣布与之决裂;一方面,他潜心观察那些成人榜样,仔细揣摩,暗暗效之,唯恐模仿得不像,唯恐不知深浅不合规矩不对路数……渐渐,他开始以"成熟""稳重"自居,以嘲笑同辈的"幼稚""单纯"为能事了。

至此,在其心目中,他才真正"长大"。他为自己终于换来的"老道"沾沾自喜,引为生命资本。其实,"老道"又何尝不是"势利""圆滑""乖巧""投机""见风使舵""趋炎附势"的同义语?可惜,他已不觉有何异常了。即使他童心未泯、良知犹存,偶尔也会对某些阴暗和不公露出愤懑,但这并不改变什么,为了保全自己,他同样会向"复杂"妥协、对"臃肿"微笑、向"龌龊"献媚、与"潜规则"共舞,甚至倚仗俗恶扩充自己的生存实力和地盘……

褪去了天真,生命即失去了生动,剪掉了羽翼。当一个人的灵魂因饥饿而狼吞虎咽——并因不节食而变得臃肿,他就真的衰弱了,生命亦变得可疑。就像煮熟的扇贝,你已听不到涛声,嗅不出海的气息了。

生命终于变成了"成品"。一个个儿童排着长队,由教父们领着,经过"学校"一级级甬道,走向"社会"这座热气腾腾的孵化器。终于,一队队的商人、官员、买办、得意者、落魄者、蹒跚者、受难者——手执各种证件、履历、薪袋、诉状、合同、标书、欲望计划……鱼贯而出。

凯斯特纳说:"从前他们是孩子,后来长大成人,不过现在他们又是什么样的人呢?"

是啊,什么样的人呢?

冷漠、猜忌、等级、敌意,取代了爱、信任、平等和友谊,温柔变成了粗野,轻盈变成了浊重,慷慨变成了吝啬……生命变成了罐头。

生命就这样诗意地开始,又这样臃肿而可耻地结束。

孩子有了新的孩子,教子成了新的教父。公正的上帝,曾送给每人一件了不起的礼物——童年!可惜,多少人很快就将其丢掉了。

然而,这绝非我们的初衷,绝非我们生活的目的。

尼采悲愤地说:"我要告诉他们,精神如何变成骆驼,骆驼如何变成狮子,最后,狮子又为何变成小孩……小孩是天真与遗忘,一个新的开始,一个自转的轮,一个原始的动作,一个神圣的肯定。"

在神性的眼里,儿童世界,是人类的天堂。而孩子,代表着未来和全新的生命类型。

2000 年

远行笔记（四章）

为何远行

为何远行？有一次问友人。

渴望颤栗。他漫不经心地答道。我被狠狠"电"了一下，直觉得这话好极了，叫人沉默。

一个人，无论多么新鲜的生命，如果在一个生存点上搁置太久，就会褪色、发馊、变质。感情就会疲倦，思想和呼吸即遭到压迫，反应迟钝，目光呆滞，想象力如衰草般一天天矮下去……

法国诗人阿兰说："对于忧郁者，我只有一句话，向远处看。如果眼睛自由了，头脑便是自由的。"

"出走"，可理解为一种形而上的精神私奔，一种对现实生存秩序和栖居方式的反抗或突围。一股再忍下去即要发狂的激情炙烤着你，敦促和央求着你——冲出去！

从冒烟的牢房里冲出去。你是一吨炸药。否则就来不及了。

陈旧的生活总是令人厌恶和恐惧，只有陌生才会激起生命的亢奋与激动。所以，一个诗人首先是一个"在路上"的行者，他的梦想总是盲目而执拗地洒向远方……

重要的是去，而非去何处。

渴望换种新的活法。渴望地理的改变能唤醒内心死去的东西。渴望一场烂漫的邂逅。渴望抚摩要一棵叫不上名字的树……

渴望渴了能遇见一条清洁的河。

在神话典籍里——

"远方"是一条妩媚的寂寞太久的狐。

她要有人去。尤其像山一样精纯的男子。在有月光的夜晚，走进她的林子。她睡了一千年，养足了温柔和血气，只待那个人来——那与她有过一样梦的旅者。

只待那高潮颤栗的一刻。

千年一刻！

刹那感觉

当列车启动，当城市峡谷和电视塔森冷的阴影，当妖冶、眩迷的霓灯招牌……呼的像纸片儿向后窜去，渐渐，车窗前方浮出蝌蚪般谦卑而亲蔼的灯火——清爽、温润，一点不刺眼，那是村寨的标识。影影幢幢，月光下，你看见了黛青的山廓和果冻似的湖。

隔着玻璃，它们送来了干净的风和植物的气息。稻畦、草叶、芦苇、池塘、蛙鸣、狗吠……幻觉里甚至还出现了更远的事物：林莽、山鹞、草丛间野兔疾电般的一跃。

那一刹，随着野兔的闪耀——你浑身猛然一震。是颤栗！是被照亮！一股不可遏制的暖流奔泻而出……久盼的湿润和舒畅。自由了的感觉。体重减轻后的感觉。

像一个越狱成功的囚徒，证实甩掉了跟踪和监视的感觉。

冲过来了！啊，千真万确！

伟大的豁亮的一刹那。

从熟悉的生态圈闯出来，这意味着那些无形的"警戒线"和"纪律"——像狱卒一样被干掉了，被时间和速度，悄无声息，手法干净利落。

列车长嗥一声,像脱缰的野马,在月光的婚床上,幸福地撒开蹄……

陌生的车厢。安全的车厢。

恋爱自由的车厢。

啊……愈来愈快,身子愈来愈快、愈来愈轻、愈来愈像那只兔子,那只闪电一样喷射高潮的兔子……

上帝的兔子!

你长长吁出一口气,让肺里的淤泥彻底倒空——像一只旧抽屉来个底朝天。对,底朝天。

然后,你伸展躯肢,寻找最舒服的姿势,怎么舒服怎么做!

他们再也追不上了,你想。

他们正因失去管辖对象而气急败坏呢。

没有你,这些老爷们该怎么过啊……

想到这,你做坏事似的笑了。

让他们遍世界找你去吧!

没有奴隶,他们就是奴隶了。

啊,生活……生活真好!

他们是谁?

他们是操纵程序的人。他们霸占某一城市、部门、单位……就像老鼠、蟑螂霸占一间旧屋和一只破麻袋。他们靠吮血为生,靠咬脏东西为生,靠窃取别人的劳动和撕碎别人的愿望为生。

他们是虐待狂,一见挣扎就兴奋。

现在他们丢了一个猎物,现在轮到我高兴了。

他们不一定是人。但和人一模一样。

列车上的瓢虫

一粒火似的瓢虫,当欲去拉窗的时候,踩着了我的视线。

显然,是刚从临时停车的小站上来的。此刻,它仿佛睡着了,像一柄收拢的红油纸伞,古老、年轻、神采奕奕,与人类不相干的样子。

其身上飘来一股草叶、露珠和泥土的清爽,一股神秘而濒临灭绝的农业气息……顿时,肺里像掉进了一丸薄荷,涟漪般迅速溶化,弥漫开来……

它小小的体温抚摩了我,将我湮没。

是什么样的诱惑,使之如此安然地伏在这儿,在冰凉的铁窗槽沟里?

它是一簇光焰,一颗童话里的糖,一粒诗歌记忆中失踪的字母……和我烂熟的现实生活无关。

背驮七盏星子。不多不少,一共七盏。为什么是七?这本身就是一件极神秘的事。幼小往往与神性、博大有关。

我肃然起敬,不忍心去惊扰它。它有尊严,任何生命都有尊严。

它更值得羡慕——

一个小小的纯净的世界,花园一样甜,菜畦一样清洁,少女一样安静,儿童一样聪慧和富有美德……

它能飞翔,乘着风,乘着自己的生命飞来飞去。而人只能乘坐工具——且"越来越变成自己工具的工具了"(梭罗)。它不求助什么,更不勒索和欺压自己的同胞,仅凭天赋及本色生存。

它自由,因为不背任何包袱,生命乃唯一行李。它快乐,因为没有复杂心计,对事物不含敌意和戒备。它的要求极简单——有风和旷野就行。从躯体到灵魂,它比我们每个人都轻盈、优雅、健康而自足。

它一定来自某个非常遥远的地方,那儿生长着朴素、单纯和明亮的事物……

在心里,我向其鞠躬。我感激这只不知从哪儿来的精灵,它的降临，使这个炎燥的旅夜变得温润、清爽起来。

邻座顺着我的视线去瞅，啥也没发现，唉，不幸的好奇心。

长时间的激动，它终于让我累了。

闭上眼，我希望再醒来的时候——

它已像梦一样破窗飞走。

但我将记住那个梦，记住它振翅时那个欢愉的瞬间。

草芥者

为了抽支烟，我来到列车最拥挤和最孤独的地方——两节厢的衔连处。

扎堆在这里的，除了一脸冷漠、显示出自命不凡和矜持的烟民，便是那些蓬头垢面的外省民工了。

他们或躺或倚或蹲，不肯轻易站着，仿佛那是件很费气力的活。其神情、衣束、行李皆十分相近，让人猜想这曾是一支连队，一支刚从战场撤下、全是伤病号的队伍。

他们一个个表情黯淡，呵欠连天，像是连夜赶了很远的路才到这儿，而上路前又刚干完很重的活……他们对车厢里的一切都没兴趣，一上来便急急地铺下报纸卷、麻袋片，急急地撂倒身子，仿佛眼下唯一要做的就是节省体力，仿佛有更累更重的活在前方等着。

他们是世上最珍爱气力的人。气力是其命根子，就像牛马是农家老小的命根子，他们舍得喂、舍得给，却不舍得鞭抽，不舍得挥霍挪用。

忽涌上一股惶恐。我缩了缩绷紧的脖子，直觉得这样悠闲且居高临下地看对方太不像话。

总之，这隐含了某种"不对"。

在这个世界上，有的人要靠几个、几十个人来养活。而有的人，要至少养活几个人……有人一上车就被引入包厢，领到鲜花茶几水果前。而有的人，却被苍蝇似的赶到这儿，且只准呆在这儿。

他们不是苍蝇，是人！

我一阵胸闷，心里低低吼着。像有一团擦过便池的布堵在里面。

并非厌恶自己，我只是想到了某些令我厌恶的人，所以有要对这世界呕吐的感觉。

我相信没有谁伺养我，我靠自己养活，说不定我还养活了谁。

我在心里向他们致敬。我想蹲下去，蹲到和其一样的高度，恭恭敬敬让一支烟……但终于没做，怕人家误会。

他们不习惯白拿人家的东西。我遇过这样的情景：长途汽车上，将几颗糖悄悄塞给邻座农妇的孩子，她害怕地往后躲，后来母亲发现了，竟掴了孩子一巴掌，骂"叫你馋，叫你馋……"

"人家"——一个多么客气又警觉的词。客气得叫人压抑，让人难受。

他们在睡觉。集体在睡觉。他们的梦仿佛同一个，连脸上的表情都那么一致，不时地张嘴，不时地皱眉，不时地淌下一丝涎水，仿佛要把更多的空气吞下去，仿佛嫌鼻孔不够大……

只有空气无偿地供应他们，满足他们。

他们在打鼾。就像在自家炕头老婆身边那样打鼾。偶尔翻一下身，喉咙里发出叽里咕噜、石块滚下山的响声……手趁机在行李上抓一把，判断对方还在不在。

他们的神情像是在森林里迷了路。有时突然睁开眼，警觉地瞅四周，然后用焦急、粘连不清的方言问头顶上的烟圈：几……几点啦？

他们似乎连句流利的话都说不出，又似乎还急着想说啥，却一时给忘了。

你索性将时刻和一路上的大小站名全报给了对方。

他们满意了，眼神里噙含着感激，连连点头。倒身又睡了。

自始至终，你听不到一句多余的话。

他们把能省的全都省下来了。

1996 年 10 月

两千年前的闪击

去西安的路上,突然想起了他。
两千年前那位著名的剑客。
他还有一个身份:死士。

潋潋雨雪,秦世恍兮。
眺望函谷关外漫漶的黄川土壑,我竭力去模拟他当时该有的心情,结果除了彻骨的凉意和渐离渐远的筑声,什么也没有……
他是死士。他的生就是去死。
活着的人根本不配与之交谊。

咸阳宫的大殿,是你的刑场。而你成名的地方,远在易水河畔。
我最深爱的,是你上路时的情景。
那一天,"荆轲"——这个青铜般的名字,作为一枚一去不返的箭镞镇定地踏上弓弦。白幡猎猎,千马齐喑,谁都清楚这意味着什么。寒风中屏息待发的剑匣已紧固到结冰的程度,还有那淡淡的血腥味儿……连易水河畔的瞎子也预感到了什么。
你信心十足。可这是对死的信心,对诺言和友谊的信心。无人敢怀疑。连太子丹——这个只重胜负的家伙也不敢怀疑分毫。你只是希望早一点离去。

再没什么值得犹豫和留恋的了吗?

比如青春,比如江湖,比如故乡桃花和罗帐粉黛……

你摇摇头。你认准了那个比命更大的东西:义。人,一生只能干一件事。

士为知己者死。死士的含义就是死,这远比做一名剑客更重要。干了这杯吧!为了那纸沉重的托付,为了那群随你放歌纵行、前仆后继的同行,樊於期、田光先生、高渐离……

太子丹不配"知己"的称号。他是政客,早晚死在谁手里都一样。这是一个怕死的人。怕死的人也是濒死的人。

濒死的人却不一定怕死。

"好吧,就让我——做给你们看!"

你峭拔的嘴唇浮出一丝苍白的冷笑。

这不易察觉的笑突然幻化出惊心动魄的美,比任何一位女子的笑都要美,都要清澈和高贵——它足以招来世间所有的爱情,包括男人的爱情。

风萧萧兮易水寒,壮士一去兮不复还。

渐离的筑歌是你一生最大的安慰。

他的唱只给你一人听。其他人全是聋子。筑声里埋藏着你们的秘密,只有死士才敢问津的秘密。

遗嘱和友谊,这一刻他全部给了你。如果你折败,他将成为第一个用音乐去换死的人。

你怜然一笑,谢谢你,好兄弟,记住我们的相约!我在九泉下候你。

是时候了。是誓言启程的时候了。

你握紧剑柄,手掌结满霜花。

夕阳西下,缟绫飞卷,你修长的身影像一脉苇叶在风中远去……

朝那个预先埋伏好的结局逼近。

黄土、皑雪、白草……

从易水河到咸阳宫,每一寸都写满了乡愁和诀别。那种无人替代、横空出世的孤独,那缕"我不去,谁去"的剑缨豪迈。

是啊,还有谁比你的剑更快?

你是一条比蛇还疾的闪电。

闪电正一步步逼近阴霾,逼近暗影里硕大的首级。

一声尖啸。一记撕帛裂空的凄厉。接着便是身躯重重仆地的沉闷。

那是个怎样漆黑的时刻,漆黑中的你后来什么也看不见了……

死士。他的荣誉就是死。

没有不死的死士。

除了死亡,还有千年的思念和仰望。

那折剑已变成一柄人格的尺子,喋血只会使青铜陡添一份英雄的光镍。

一个凭失败而成功的人,你是头一位。

一个因倒下而伟岸的人,你是第一名。

你让"荆轲"这两个普通的汉字——

成了一帖千古祭奠的美学碑名。

成了乱世之夜里最亮最傲的一颗星。

那天,西安城飘起了雪,站在荒无一人的城梁上,我寂寞地走了几公里。

我寂寞地想,两千年前的那一天,是否也像这样飘着雪?那个叫荆轲的青年是否也从这个方向进了城?

想起诗人一句话:"我将穿越,但永远无法抵达。"

荆轲终没能抵达。

而我,和你们一样——

也永远到不了咸阳。

1995 年 11 月

雪 白

1

叫人感念和思痛的东西愈来愈多了。比如雪。

在我印象里,雪是世界上最辽阔最庄严、最有诗意和神性的覆物。她使我隐约想到了"圣诞、人类、福祉、博爱、命运"这些宗教意味很浓的词。

那神秘无限的洁白,庞大的包容一切的寂静,纯银般安谧、祥和的光芒,浑然天地、梦色绝尘的巍峨与澄明……

拿什么更美的形容她呢?她已被拿去形容世间最美的意境了。

童年时,我心里涨满了雪,比大地上的棉花还要多。那时候,大地依然贫穷,贫穷的孩子常常想:要是地里的雪全变成棉花该多好呵……如今,我们身上有的是厚厚的棉了,而大地,却失去了那相濡以沫的洁白。

那时候,一个冬天常常有好几场惊心动魄的雪。有时不舍昼夜地下,天凛地冽,银装素裹,夜晚白得耀眼,像火把节,像过年,很令人鼓舞。记得初中语文里有篇《夜走灵官峡》,开头即"纷纷扬扬的大雪又下了一整夜……"

那盛大的雪况,现在忆起来很有些隐隐动容和"俱往矣"的悲壮。不知今天的孩子会不会问:真有那么多雪么?

是真的，雪不仅多，而且美得痛心。

记得小学班里有个家境很穷的女生，又瘦又黑，像棵细细的老也长不大的豆芽儿。一次作文课上她灵机一动把雪比喻成了"雪花膏"，她说："那天夜里，我看见天上飘起了雪花膏……"她念的时候同学全笑了，老师也哧哧笑了，说她是异想天开，于是接着给我们讲"异想天开"什么意思。我就是从此学得这成语的。老师讲"异想天开"时，女生趴在水泥桌上（当时课桌是用水泥板搭的）呜呜哭了……不久，她因家贫辍了学。

许多年后，一个偶然的机会使我记起了这件事。我猛然发现那个"雪花膏"的比喻其实多么生动而富有诗意啊！

雪，雪花膏的雪，女孩子的雪。

在我所有见过的比喻中，这是最珍贵的一个，也是最难忘的一个。

要知道当时穷人的女儿是买不起雪花膏的。美丽的如诉如泣的雪花膏。

2

不知从何时起，有个声音问：我们的雪呢？

从前的梦想，有的很快就兑现了，比如棉花，比如雪花膏和课桌……一些虽遥遥无期，但我们并不苟求，慢慢来，一切都会有的，没有的都会有的。

是的，我们相信，时间已悄悄印证了这点。但另一个事实是：我们曾经有过的，现在却没有了。

比如雪。我们有了无数的雪花膏，比雪花膏还雪花膏的雪花膏，可我们的雪呢？那"千树万树梨花开"的雪呢？

偶尔碰上一回，可那是怎样的情景啊——

稀稀落落粉针或末状的碎屑，仿佛老人凋谢的白须，给风一击，给地面轻轻一震，即消殒了。

这哪里是雪？分明是雪的骸，死去的雪。

衰败的迹象即这时显露的。我留意到了冬日的憔悴、大地的烦躁、空气的郁闷、没有冰的河床、树的稀少和鸟的惊恐……眯起眼睛，我辨认出菜叶上的斑点、阳光中的尘埃和可疑的飞来飞去的阴影……

从前不是这样子的。

纯洁简美的东西愈来愈少。人类创造着一切也破坏着一切，许多优雅的本色和古典的秩序被打碎了、颠覆了，包括季节、生态、物象、规矩、操守……我们狂妄地征伐却失去了判断，拼命地拥有又背叛着初衷，我们消灭了贫穷还消灭了什么？

这是个欲望大得惊人的掘金年代，抒情的方式正在消失，只有物的欲望，欲望。

我感到了不安，感到了冬天背后那双忧郁的眼睛，那些威胁她的莫名危险……我开始了怀念，怀念那些流逝和几要流逝的东西，比如童年、雪、本色，比如村庄、野地、棉布、流动的水……

1996 年 12 月

残 片

雪是哀的。

这句话不知怎的蓦然落在了纸上,像一记凌厉的杀棋。我隐隐动容。要知道,我本意是想说:雪是皑的。

这悲怆的念头究竟缘何而来?

清洁神性的东西正在被驱逐。大地,已很难挽留住雪了。

整个冬天,我始终未见梦境中的白——那种少女和婴儿脸上常见的天然营养的白。满眼是粗粝的风和玻璃幕墙忧郁的光,刺得泪腺肿痛。心情也与天空一样,冷漠而怅远。

渴望呼吸到湿润的雪,渴望眼前闪出一大片冒热气的冰,渴望和友人颤颤地踩在上面,走出去很远,尔后,听见她美妙的蝉一般的叫:"听见么?你听见雪的寂静了么?"我点点头,是的,我听见了,那天籁之声,那白色脉跳下温暖的腐质、汹涌的蚯蚓、来年的青草……

寂静和虚无多么不同啊。寂静是饱满充盈、有冲动的,而虚无啥也没有。寂静是生命的内衣,给人以梦幻的温情;虚无如死气沉沉的蝉蜕,是没有动作的投降。

然而,在眼下空荡荡的水泥房里,我什么也听不见了。

没有冲动,没有激情,只有模糊与虚无。感官又聋又瞎,像个领不到救济金的鳏夫。

没有雪的冬天,还有季节的尊严吗?

就像圆明园的石头被烧掉了,剩下的,只是石头的哭声。

雪亦被烧掉了么?心中一悚。

远远的,我听见了雪的哭声……

像流浪的盲女在哭。像花园的枝骸在哭。

遽然醒悟——

我站立的地方亦不是冬天。

而是冬之废墟,是雪之墓地。

我也算不上生命意义的诗人。

只不过他的一具斗篷而已。

1997 年 2 月

被占领的人

1

我们每一天究竟怎么过的呢?

萨特有过一段意味深长却颇为艰难的话:"我们沉浸在其中……如果我说我们对它既是不能忍受的、同时又与它相处得不错,你会理解我的意思吗?"

1940年,战败的巴黎过着一种被占领下的生活:屈辱、苦闷、压抑、惶恐、迷惘、无所适从……对自身的失望超过了一切。"面对客客气气的敌人,更多的不是仇恨而是不自在。"

和恨不起来的敌人斗争简直像吃了颗苍蝇——除非连自己一同杀死,否则,那东西是取不出来的。

人格分裂的生存尴尬,说不清的失败情绪,忍受与拒绝忍受都是忍受……使哲学家那颗硕大灵魂沉浸在焦虑的胆汁中。

那么,我们今天又是怎么过的呢?为什么仍快乐不起来?

今天的敌人早已不是人,而是物。是资本时代铺天盖地所向披靡、蝗虫般蜈蚣般蜘蛛般、花花绿绿婀娜妖冶——却又客客气气温情脉脉之商品。物之挤压使心灵感到窒息,感到焦渴,像被绞尽最后一滴水的糙毛巾;然而肉体却被侵略得快活起来,幸福不迭地呻吟……

是的,我们像水蛭一样吸附在精神反对的东西上,甚至没勇气与对方翻脸。失落的精神如同泻了一地的水银,敛起它谈何容易。

我们紫涨着脸,不吭气。恰似偷情后被窥穿的男人,心灵在呕吐,肉体却躲在布片内窃喜——"更多的不是仇恨而是不自在"。

你就是你要揭发的人。我们和萨特同病相怜。

2

这个让心灵屈从于感官的时代。

在体内,那股与艺术血缘相伴的尊严和清洁的精神——被围剿得快不剩了。肉体经不起物的挑逗,像河马一样欢呼着欲壑的涨潮:烫金名片、官位、职称、薪袋、舒适的居厅、软榻、厕所……我们丝毫不敢懈怠,哪怕比别人慢半拍,即使强打精神码字儿也要频频回望——生怕它们会拔脚溜走。我们原本轻盈的身子被一条毛茸茸的脂肪尾巴给拖住了,患得患失,挣脱不得。

生命就这样轻易被占领。

物对人的诱惑之大,远超出了任何一个古代和近代。英雄彻底缺席了,我们再也贡献不出一个苏格拉底,一个尼采或梵高那样清洁而神性之人。

只有手捂金袋的犹大们,瑟瑟发抖。

3

鸟从天空落到树上,从树梢跌至地面,鸟沦为了鸡。

地面占领了鸡。(不是鸡占领了地面)

鸡的重心是胃,翅膀的梦已渐渐被胃酸给溶解掉了,虽然健硕丰满、羽毛油亮,虽然用爪刨食实惠多了,但鸡的悲剧在于:它再不能飞了,再也回不到天上。

不会飞的生命已毫无诗意可言。

现代人的遭遇其实和鸡差不多。

4

日子一天天膨胀、实用起来。想象力变成了刀叉，心灵变成了厨房，爱情变成了腊肠……精神空间正以惊人的速度萎缩、霉硬。再大再荣华的城市也只是一只盛鸡食的盂盆。

我们挤在群类中，手持年龄、学历、凭证和各种票券，忙着排队、抢购、对号入座……像狼扑向自己的影子。

一切就这样凝固了。

一只看不见的手安排了我们的生活？

我们愤怒不起来，更做不到义正词严。

我们底气不足。面临的困难如同"提着头发走路"一样沉重无望。当然，这并非谁之责任，或者说是每个人的责任。因为几乎人人都接受了那份看不见的贿赂，人人都到指定的暗处领走了自己的那份，且沾沾自喜。

人人。咱们。黑压压的头颅一望无际。

人群是人的坟墓。

没有人敢对周围说不。

5

是什么让我们生活得如此相似？

我们可曾真正地生活过？

真正——有力地生活过？

萨特的话变得一天天冷酷起来：

"如果我说它既是不能忍受的，又与它相处得不错……你会理解我的意思吗？"

耳光。我惊愕地望着镜子——
一张和我一模一样的脸。
噢,咱们的耳光。萨特还给萨特们的耳光。

1996 年 12 月

向死而生

> 死说不定在什么地方等我们,那就让我们到处等它吧。
>
> ——蒙田

"要是一个人学会了思想,不管他思考的对象是什么,他总是在想着自己的死。"

初读托尔斯泰这句话,我灵魂上的颤动不亚于一场地震。是啊,许多大智慧者正是站在死之界面上俯瞰生命全景和浮世万象的:从终极角度关怀、检索、省察人生,以死为尺测量各种得失和价值轻重,用直面死的勇气填充生存意志的虚弱……比如奥德留主张"像一个将死者那样看待事物""把每天当作最后一天度过",又如海德格尔的《向死而生》、雅斯贝尔斯的《向死而在》、皆道出相同之义。

"向死",果是一盏智慧灯,能为夜茫茫的世途照明么?我们不妨试一试吧——

假若你是一个濒死者,从医生手中领过了诊断书,像预感的那样,时日已剩无几。

你沉痛但平静地谢过医生。虽然家很远,但你决定用脚走回去。

通往家的路,突然很陌生,仿佛是去一个从未去过的地方。走得很慢,很用力,这使你觉得累极了,双腿像灌了铅……真想,真想睡一会儿啊,于是你在临湖的一条石凳上坐下……又不知过了多久,你醒来了，阳光微醺，波光粼粼，空气中有股青草和树芽的甜味，多好啊，陪伴这一切多好啊，真想摇身一变，变成一只年轻的雀或蝉，只要还能留在世上，只要还能陪伴晨钟暮鼓、日出日落……你微微合眼，开始遐想风风雨雨磕磕绊绊的几十年，具体或抽象、清晰或模糊的一幕幕、一历历——

想起童年夏夜里的"数星星"（你以为一定能数得清于是便真的去数了，这多么令人鼓舞呵）；想起作文本上的立志，少年时的奖状；想起与你在课桌上画"三八线"的小姑娘；想起揭榜前的紧张和填志愿的激动；想起大学里的夜自习，绿茵场上的挥汗如雨，偷看"劳伦斯"的惶恐和论文答辩的激昂；想起毕业前的篝火和《友谊地久天长》的手风琴，赠言簿上"拯救世界"的大言不惭……

你忍不住微微笑了，眼眶涌出一股湿热的黏液。继续往下想，你发现自己越来越不清晰，乃至面目全非了，像断线的风筝开始随波逐流，仿佛自愿又仿佛被劫持着，混入了更多的黑压压"断筝"的队伍。因瞻前顾后而背叛的初衷，因顾忌名声而割舍的情爱，因害怕落败而放弃的冲试，因圆滑世故而涂改的心性，因贪图惠利而委屈的人格，因趋炎附势而轻视的友谊……忙于升迁，忙于察言观色、左右逢源，忙于人脉职务级别工资待遇……一路即这么战战兢兢、如履薄冰地蒙混过来了。你发现把自己给弄丢了（像小学生将作文写跑了题）——那个血气方刚、英气飞扬的追梦少年，再也找不回来了。你竟把生命和才华交给了他人或自己的虚荣来主宰，交给世俗的某种程序来管理，交给某个大权在握却劣质无能的上司来使唤……你不过是旱地一条鱼，棋枰上随意搁置的卒子，一只躲在地洞里瑟瑟发抖的鼹鼠。

总之，你不再是原来的你了。你成了一个赝品、一个替身、一个生命的冒牌货。唉，无端总被东风误，白了少年头，倘若还有来世——

倘若有来世，又会怎么样呢？

总之，你会换一种活法，不会再伪饰再推诿再欺瞒，不会再把鲜活的生命交给任何模式,你会奋然不顾去追随梦想、爱情和自由,听从生命最本色最天然的召唤,做你以为最重要最不能错过的事儿……总之,你不会委屈了生命,你要做回一个真实的不折不扣的自己,任何绳套都不能挽留你,任何障碍都不能削弱你,任何诱饵都不能使你拐弯……

这时候,你仍坐在湖畔的石凳上,蝉声已歇,夕霞似一片火红的枫林漫天舒卷,你身体发烫,像刚跑完很远很激烈的路。突然,空气中跃出一丝凉意,你蓦地一惊。

奇迹出现了,刚才不过乃一假设,你不过被死神象征性地吻了一下,你活着,活得好好的,健健康康,又不算老,还有厚厚的日历,还有无数若隐若现、翩翩起舞的光阴……复活的感受真是无法形容,大梦初醒般的阵痛与庆幸!为此,你必须学会感恩和珍惜,感激那虚惊一场的梦游,报答这唯有一次的生命,决不辜负和怠慢了它!

的确,"向死"给我们提供了一次难得的人生体悟:当"死"闪电般刺透灰蒙蒙的天窗向你招手,生存的暗房骤然被照亮,瞬间,你看清了许多隐瞒着的"核"与真相,生命的目的、本质、诉求和广阔的道路……"死"还像一辆重型铲车,那些日常牢不可破的栅栏、貌似威严的俗规戒律、假惺惺的世故常道——竟多么虚妄,多么荒诞,积木般一触即瘫……权势、城府、争斗、盘算、谄媚、犬马声色、戚戚名利——与生命何干?与灵魂何干?在生死这样磐重的大题目前,全变渺小了、猥琐了,儿戏一般。

痛定思痛,有了这些思考结果,当你重返生活时,至少能变得从容一点、超脱一点,少些势利,少些俗套,少些束缚和烦扰。

"向死",确是一项大激励、大警策、大救赎。俗尘凡世,人生难免有疾,而思考死,恰是一味大施洗大澄明的苦药。关键有无那份灵魂体检的勇气和自医精神。

多少人都没有。多少人都忘记生命的真实身份了。

1995 年 10 月

从"高石之墓"到经典爱情

> 我愿燃烧我的肉身化成灰烬,我愿放浪我的热情怒涛汹涌;天呵!这蛇似的蜿蜒,蚕似的缠绵,就这样悄悄偷走了我生命的青焰。
>
> 我爱,我吻遍了你墓头青草在日落黄昏!我祷告,就是空幻的梦吧,也让我再见见你的英魂。
>
> ——石评梅

1

知道高君宇与石评梅是在 1985 年。夏天。

一个少年中午放学回家后的第一件事,便是急急调好收音机,咬着饭团噙着泪光,听一位女播音员讲述 20 世纪初北平的一段倾城之恋。

那是怎样哀恸的冰雪之恋呵:"生前未能相依共处,愿死后得并葬荒丘。"

那是怎样令人欷歔的红颜挽歌呵:"这时候,君宇君宇,你听谁在唤你?这时候,凄凄惨惨,你听谁在哭你?君宇,今夜你一定要入梦来,一定来呵……"

这故事陪伴了少年一个雨季。

夏天结束时,他迎来了16岁的初恋。他偷偷恋上了那个美丽而短命的梅,恋得热烈、绝望、深不可测。少年竟懂得写诗了,厚厚的日记,写得吃力而脸色苍白。

10年后的某天,当诗人和一个女孩坐在一起,抚摩老去的日记,不禁再次被那些分行的汉语感动。"爱情是一场美丽的疾病。"女孩的声音忧郁而沙哑,像从很久以前飘来的一片羽毛。

听一下她的故事,好么?对方说。

2

不错,爱情是一场美丽的疾病。

70年前的那场病夺去了中国现代史上两颗璀璨的星子。一个是北大才子、共产党人高君宇,一个是誉满京华的女诗人石评梅。

1920年,在一次山西同乡会上,两人邂逅并留下了深刻印象。但因高奔波于事业,彼此接触并不多。

1922年,高君宇政治上最忙碌的一年。从苏联回国后,先后出席了中国社会主义青年团成立大会和中共"二大",并当选为中央委员。此间还参与领导了"京汉铁路大罢工"。

这一年,石评梅却是在痛苦中熬过的,一个叫吴天放的人在感情上欺骗了她。突如其来的梦魇冻结了评梅快乐的天性和青春活力,悔恨与羞辱中,她抱定独身的决心,誓不论嫁……不久,当君宇将一枚题有"满山秋色关不住,一片红叶寄相思"的枫叶赠予评梅时,她竟挥泪写下"枯萎的花篮不敢承受这鲜红的叶儿",退了回去。

陶然亭。

位于北京城西南,永定河畔,本是古刹慈悲庵所在,风景怡人,但战乱以来,坟茔累累,荒草肆虐,成了无人问津的野地。陶然亭对高石来说,有着特殊的私人意义,数年间,两人不知多少次相约来此,散步,谈心,吟诗……陶然亭成了"高石之恋"最亲密最知情的见证!

他们在一起的大部分时光，留在了这块安静之地。

谁曾料，现代史上最悲怆的爱情挽歌即要在此上演了。

1925年1月5日，星期一。评梅陪君宇雪后游陶然亭。湖山空旷，雾野迷蒙，不久前，君宇在筹备"国民会议促成会"时突然病倒，此时身体十分虚弱。评梅挽着他走走停停，内心各有说不清的惆怅和隐痛……突然，君宇举起手杖，指向葛母墓旁一片空地："请记住，珠（评梅小名），若我有一天会死，就请把我葬在这里吧。"

谁知，竟一语成谶。

仅过两个月，3月15日，高君宇在北平协和医院因猝发盲肠炎去世，享年30岁。

他是在夜里悄然走的，无人在场，伴他的只有那枚风干的红枫和凌晨的寒意……他是在寂寞中死去的，怀着对评梅的无限眷恋和殷殷期盼，留下的只有三行诗：

　　我是宝剑，我是火花
　　我愿生如闪电之耀亮
　　我愿死如彗星之迅忽

山西青年高君宇，就这样魂消影绝，告别了苦苦追求的女子，告别了刀光剑影、风声鹤唳的政治。不，来不及告别！

评梅来了，带着被噩耗震醒的爱，永远迟到了。她不顾众人劝阻，一次次哭晕在病榻前。"君宇，为何那时候你柔情似水，我却心硬如铁……为什么你不血染沙场、马革裹尸，为什么你不去殉你的事业，偏偏是病死，在这动乱的岁月，在这谁都顾不上你的时候……"任凭她怎样恸喊，那具冰冷的躯体已不能回答她什么了。

按评梅的要求，君宇葬于陶然亭。

"君宇，我无力挽住你迅如彗星之生命，我只有把剩下的泪流到你的坟头上，直到我不能来看你的时候……"

这是评梅亲自题写在墓碑上的话。

陶然亭太冷静了。高君宇太孤独了。

此后3年里，不管春夏秋冬、风霜雨雪，每个周末，每个清明，评梅都到陶然亭畔哭君宇。对无枝可栖的灵魂来说，这儿就是她的家。

"我的热泪为何救不活冢中的枯骨为何唤不回逝去的英魂，这怯懦无情的泪有什么用？"

她的泪快要流干了，加上生活贫寒，她虚弱的身体每况愈下。

这一天终于来了。

评梅在给师大附中上课时突然晕倒，不省人事。1928年9月30日，一条讣告出现在北平各大报纸上："京都一代才女石评梅先生因患急性脑炎，病逝于协和医院。享年廿七岁。"

评梅死了。从发病到辞世仅仅12天。她和君宇竟是在同一家医院，又几乎同一时刻——凌晨两点一刻离去的。

评梅真的死了。带着那洒脱的文采、清幽的天性，结束了冷艳传奇的一生。她匆匆去追心爱的人了。

从南方赶来的庐隐等人，根据评梅生前的心愿，将之葬在陶然亭君宇的墓旁。用的是一模一样的白玉剑碑，篆刻"春风青冢"四字。

"生前未能相依共处，愿死后得并葬荒丘"。两个备受思苦折磨的人，终于得以厮守了。

3

女孩沉默半晌，说："太感人了。就像杜鹃啼血、黛玉葬花给人的感觉，那么的冷，那么的静，爱得那么纯粹，那么目不转睛……总之，有一种经典的美。"

我若有所思。她让我隐约想到了一个词：经典爱情。

何谓经典？

虽一时无法定义，但脑子里迅速闪过一连串熟悉的角色：哭长城的孟姜女，《孔雀东南飞》里的刘兰芝，《钗头凤》里的陆游和唐婉，化蝶的梁山伯与祝英台……罗密欧和朱丽叶，小仲马笔下的"茶花女"，等等。

他们都有一共性：爱情的核心在于务虚而非务实，在于牺牲而非保全——生命为爱而来，为爱而去。在爱的敌人面前，他们不妥协，敢于作孤注一掷的付出，体现了一种绝对精神和宗教体征，一种肝胆相照、至死不渝的悲剧美。

人群中有一个现象：务虚者反而充实、高蹈，务实者反而虚脱、萎靡。

今人尝试"经典爱情"的机会越来越小了。

和前者那种宁折不弯、玉石俱焚的"硬碰硬"的傻气相比，今人机灵多了，乖巧与软和多了——感情上更讲策略与技巧，更熟谙实用之道，更追求变通和利益最大化。老成持重、圆滑世故成了今人精神成熟的标志，故有人称现代人一生下来就是老人。

爱情主题，正蜕变为一种物化的性别联盟和性别消费。任何问题上，今人都是算术的好手，都要合计成本和收益，都鄙视亏损、主张赢利，爱情也不例外。由于掺和了经济学元素，现代爱情普遍背叛了天然的诗意逻辑，丧失了自然纯度和几千年的精神光泽，沦为商业生态下的性别产品。孰不见大街上流行的小册子，诸如《怎样写情书》《恋爱成功秘诀XX例》《初涉爱河导游》，孰不见报纸征婚的"条件"及电视"非常速配"……莫非现代人已完全吃透了爱情？坐穿了爱情牢底？这实际上已把爱情归于一项有形的实业来经营，甚至不惜加入技术手段——实在是天大误会！

现代人缺少什么？

缺少务虚的宗教精神和理想主义，缺少血性缺少疼痛缺少玉石般的品格和誓言，缺少不畏势不重利不惜命的义气和骨钙，缺少赤裸的激情和专注的秉性。

甚至缺少眼泪。

无论政治、文化、艺术,还是信仰和爱情,现代社会都缺少英雄和圣徒。

我不禁一次次遥望20世纪初那片风景,像古希腊一度成为智者和缪斯的"伊甸"一样,此乃中国历史上最富魅力的生命创意时代。它不仅诞生了梁启超、谭嗣同、秋瑾、林觉民、蔡元培、陈独秀、鲁迅、胡适、瞿秋白、郁达夫……这些舍我其谁、咯血请缨的精神刺客和猛士,也贡献了萧红、石评梅、庐隐、张爱玲、阮玲玉、林徽因……这样的冰雪才女,乃至还出现了"革命与恋爱并不矛盾"(周恩来语)的"高石之恋"。

从生命行为上看,他们中文人更像文人,志士更像志士,英烈更像英烈。他们比今人爱得要深、恨得要深、理想要深、扎根生命要深。他们生存简单,灵魂纯真,内心独立,精神自治,不造作不伪饰不压抑,坦坦荡荡,侠胆柔肠,情深义重……这种心态、人格离艺术和宗教最近,距功利和交易最远。正由于这些基因,在他们身上,欢乐和疼痛、理想与苦难才如此密不可分;其道路才危机四伏,充满笔直和坎坷;其生涯故事才更激昂、更壮美。

无论才华、品格,还是灵魂纯度、精神定力,今人都相形见绌、力不从心了。

说到底,现代爱情与经典爱情相比,仍是一个有无信仰的问题。对纯粹和绝对的爱情,对古老的爱情神话和价值观,信还是不信?现代人大都是不信的,怀疑、冷漠、松懈、揶揄、自嘲,以不屑的眼光乜斜一切……这种玩世的态度使其无法再在精神上恪守与捍卫什么,心性慵散,惰性十足,琐碎的利益和肤浅的享乐像白开水冲淡了灵魂的浓度,内心的庄重和虔诚在逻辑上被消解了,他们再也端庄不起来、神圣不起来、峭拔不起来……由信到不信,今人的情感思维已遭到质的损坏。

如果说,经典爱情表达了一种献身精神,现代爱情则暴露了一种占有欲望。经典爱情是"亏损"的,现代爱情是"赢利"的。

我常常想到普希金，爱情在这位天才身上竟占了那么大体积，竟以性命与爱的敌人决斗。他是我以为最纯真最有尊严的男人之一。谁有资格去指责他的"冲动"和"鲁莽"呢？

爱情从来就不是利害的选择问题，而是一种纯粹的信仰，一件怎么追求和妄想都不过分的事。我曾在一篇小文中道："我是一个极不实用的人。我一直深信世上该有一种纯粹'为了爱'的爱情，绝对的倾心，绝对的投入，绝对的感情用事，绝对忠诚无怨，绝对美丽而慷慨……"朋友说："你太浪漫。不是生得太早就是太晚，不是太超前就是太过时了。"朋友没有贬义，的确，走在物欲汹涌的大街上，我常有一种落伍和被遗弃的感觉。正像洪峰所说：我的脸上溅满行人驶过的尘土。

但我宁愿。信仰就是愿意信仰，这和命定的精神气质有关。而一个本质上极简单极"愿意"的人，世界是拿他没办法的。

4

一个像要落雪的傍晚，女孩突然问：世上什么最冷？

我想不出。她叹口气，低低说：被背叛女子的眼泪，尤其才女。才女的伤口更深。

我问：在你印象里，她们是谁？

"萧红，张爱玲，阮玲玉，还有你提过的石评梅……"她继续道——

她们是美的，她们也是寂寞和受伤的。美和才华使之纤弱憔悴，像草间的蝴蝶、夜晚的蟋蟀，远离白天和尘嚣……她们生来就落在花园里，生来就是为了爱……她们实在太安静了，心地善良又无法自卫，她们的身体里永远住着无声无尽的大雪，在诉说，在倾听……她们不属于哪个时代，可每个时代都传播她们的花粉和体温……她们是古典的，也是未来的。

三毛也死了。这个时代还配不上她，那样纯粹的植物是绝难存活的。她的现身本来就是误会，一次美丽的"搭错车"。

　　末了，她说了段令我感动的话：

　　"真正的好女子，不仅男人喜欢，女人也喜欢，我宠爱她们胜过自己……可少有优秀的男人配得上她们。上帝真是残酷，派出了她们却没同时送另一种男人到这世上，所以，她们的爱注定是一场疾病，注定要在疾病中夭折，生也孤零，死也孤零……"

　　我无言。这时，雪落了下来。

1995 年 1 月

《罗马假日》：对无精打采生活的精彩背叛

男人，女人。

在纪录片《银幕与观众》中，一位西方老妇失声掩口："上帝啊，他们终于接吻了！"狂喜使得她眼泪都流了出来。她正看的这部黑白电影叫《罗马假日》，1953年由好莱坞派拉蒙公司拍摄。

此时，片子渐趋高潮：汽车里，相伴一日的男女即要分手，离别之怅让他们禁不住紧紧拥抱，女人泪流满面，"此地一别，或许永难相见……请你不要立即走开，你要看着——等我从那个拐角消失"。

多么精彩的瞬间，在这位不羞于动情的老人脸上，我看到了纯真与坦白。感动，和某些英雄行为一样，需要丰饶的精神储备和爆发力，它并非易事。

或许，正是凭借这样的民意，《罗》剧终获当年的奥斯卡奖。面对手持金像的奥黛丽·赫本，评论界叹道："自嘉宝以来还不曾出现这等人物，她拥有一切美的元素，导演见了会忍不住再三为其大拍特写——拍她炽热的眼神，拍她甜蜜的笑靥，拍她浑身的纯洁气息，拍她瘦削而高尚的肩膀……"

影片讲的是短短48小时内的事：英国少女安妮公主访问罗马，因厌恶宫廷的繁文缛节偷偷溜出官邸，在街头，她邂逅正受命采访她的小报记者乔，彼此互瞒身份，决定为自己的生活"放假"一天，俩人一起游览古城，这是安妮第一次自由地徜徉市井，深为民间情趣所吸引,并对乔油生爱慕。

坦率说,单就故事逻辑,此片几近平庸,不仅承袭了好莱坞的爱情套路,较之中国传统戏文也显陈俗:落魄书生与望族名媛的传奇。

是奥黛丽·赫本改变了一切。她与格利高里·派克一道,以绝配的生命组合演绎了最简单的爱情方程。剧中,她天使的面孔和纤尘不染的纯净,散发着一股水果的清香——一种足以消除生命疲劳、给人以莫大恬静的美学能量……既令视觉惊喜,更让灵魂舒适。

巨大的辐射。好莱坞试爆了一颗少女原子弹。奥黛丽·赫本冉冉升起。

难怪《罗》一获奖,媒体即惊呼:"这真叫人受不了,若没有赫本,它就只能是个平庸的感伤之作。"是的,是赫本让人受不了,是那罕见的美质叫你沉不住气了——她触到了你最敏感和隐秘的精神部位。你无法躲掉对她的崇拜和爱慕,是召唤,也是义务。我想起了诗人荷马惊叹海伦的那个场面:"她走了进来,老人们肃然起敬。"

今天,《罗马假日》已成为好莱坞骄傲的典藏。经典意味着最好的手艺,意味着里程碑的一去不返,也意味着让模仿者感到羞愧。今天,观众早已忘了它原本那样一个简陋的构思,欣赏它只是为了亲睹半世纪前那场明媚的邂逅,看看赫本那带电的目光怎样令心狂跳。

美的才华,美的功劳,赫本成为世人心中永远的公主。1988年,联合国儿童基金会正式授予她"慈善大使"身份,让那明澈的笑容有机会抚摸全世界的孩子。

那天,我遇到了一件特别兴奋的事。在一篇文章中,我看到以《远山的呼唤》《幸福的黄手帕》而受人尊敬的日本导演山田洋次如是答记者问:"许多电影都令人难忘,要说最爱哪一部真的很难……不,我想起来了,是《罗马假日》,当然要属《罗马假日》喽!"

多么精彩的老人。要知道,这貌似普通的话竟效仿了《罗》剧中最著名的台词。赫本听了一定会流下热泪。

那个场面,每个看过该剧的人都难忘怀——

第二天,公主出现在记者招待会大厅里。突然,人群中,她发现了昨晚含泪吻别的那张面孔，惊呆了。接下是一组无声的特写镜头，只有目光透露着两颗心的狂跳。

有声音问：公主殿下，在您所有访问过的欧洲城市中，您最喜爱哪一个？

侍从官悄声提示：各有千秋。

脸色苍白的公主像是从梦中惊醒，正色道：可以说，各有千秋……不，最让我难以忘怀的，是罗马，当然是罗马！

这时，少女脸上的忧郁不见了，露出一种明亮而坚定的笑容，像一个突然成熟的幸福女人那样。

招待会结束。

已转身的公主突然扭过头，最后一次地，将满含泪水的目光投向人群。那苦涩的表情迅速放大，瞬间又被一种奋力作出的微笑所替。寂静中，你能清晰地觉出她的躯体在克制中颤抖，大厅的柱子也在颤……

"凝——视"，多么好的一个词啊，假如还有谁不懂它，那就到《罗马假日》中去找吧。

"不……是罗马，当然是罗马！"这句突然变向的话成了该片最珍贵的台词。从精神角度讲，这个大胆的"别有用心"的——有违王室政治的举动，可以注脚为：对无精打采生活的精彩背叛！

罗马，自由精神的城堡。假日，则是对庸常生活的倒戈。

罗马假日——一场纯洁而诗性的"越轨者"的童话。

这样的童话在不少著名的生涯故事里皆可找到，他们以决然的背叛者姿态向世俗规则挑战，从而痛快淋漓地给生命放假，比如托尔斯泰背叛古老的庄园，温莎公爵背叛到手的王位，黛安娜背叛她的婚姻……这种"不轨"永远是美性并值得尊敬的。

我一直渴望与人分享自己的收藏，可惜身边这种生命同类太少。这里须提到一位朋友，他有一种语出惊人的解读本领，曾与我有过共享两届"世界杯"的经历。但他只关心电影中的女人而不关心电影。

某深夜，睡前照例将电视频道搜个遍，谁知，竟搜出了阔别的

《罗马假日》，忽想起这老兄，于是抄起电话："开电视，对，马上。"

片子刚完，电话就响了："她真叫人幸福！"他在城市的另一头高喊。

我愕然，沉默。他道出了我最强烈却苦于表达的那种感受。他太厉害了！

不错，是幸福，赫本让整个夜晚连同电视机都焕发着幸福。

我曾想，与这等美好的人一道生存、一道呼吸、一道交换本世纪的空气，该是多么醉心的事。然而，这项福利却被粗暴地中止了——

公元1993年的一天，我的手，拿着半版快要揉烂的《参考消息》的手，突然抖起来，它冷冷告诉这个正准备用它擦墨渍的人：那一天，1993年1月20日，美利坚发生了两件事，一是克林顿宣誓就任第40届总统，另一件是，著名影星奥黛丽·赫本因结肠癌去世。

它说，几个月前她还以联合国大使的身份访问被战火蹂躏的索马里。它还说，在她垂危之际，诺贝尔和平奖得主、世界最善良的女人——特里莎修女曾号召天下姊妹为"公主"祷告……

她最后的心愿是：再看一眼瑞士的白雪。

那个阳光喧哗的下午，一张破报纸被那人小心叠好后锁进了抽屉。他的目光渐渐模糊，眼前的事物显得陌生而与之无关。

他感到很多东西正在离自己远去……

一个人的飘逝就像落叶，时间将她的手从枝条上掰开，现在，她连亲吻地面的力气都没有了，她就那样静静地、美丽地躺着，在冰凉的青草泥石间。

可世界一点没变，他无力地想。我们活着，一点不比她高尚和美丽，我们能够怀念或憧憬点什么，仅仅因为，我们活着。

可我们一点也不美丽。他想，我们必须对美丽说点什么，起码应说声——

谢谢！

1996年

永远的邓丽君

人是奇怪的,有些对别人无所谓的事物,于之却珍贵无比且美好得不可思议。大概这和一个人的特殊心路有关,与其天生的敏感体质、生命类型、某个岁季的精神气候有关。

邓丽君。

一个我深深喜爱的名字。我在任何时候都愿意充当她的报幕人:《小村之恋》《在水一方》《独上西楼》《再见,我的爱人》《你在我梦里》……丝毫不会为公然赞美她而羞愧,更不惮被阳春白雪的音乐士大夫嘲笑。

为爱而生,为爱而死。她的使命是在一个普遍淡漠爱的年代里出演爱情。她的事业是让一缕青衣、一抹红粉从男人眼前姗姗飘过。

在单身的夜晚,在寂廖雨天,在合书小憩的午后,她的歌声从遥远的海岛踏波而来,像颤颤丝绸,像袅袅朦月,像天涯吹来的一叶扁舟……

不错,太甜了。但并非所有的甜都堪称"饴",并非任一种姿色都闪耀着泪光,含着颤抖之蕊。她是甘草和白露的甜、苦难之夜的甜、不加糖的甜,荡气回肠的甜。不错,她太烂漫,称得上婀娜与摇曳,但在一个绝少胭脂的枯槁年代,在一场裙裾被割掉的正襟岁月,这摇曳曾给人带来多大的惊喜。

其实,任一个懂她的人,都会从甜中品出那缕深藏的艾苦,从清冷和幽怨里读出那份善良与洁白,这正是最感动我的东西。一个妩媚的女人,一个易受伤的女人,一个欢颜示人的女人,却纤尘不染,一点不浑浊、不憔悴、不萎靡……

她适于离情、伤逝与怀旧,适于游子的望乡,适于无眠灯下的昏黄,适于雨滴石阶、人倚窗畔的孤独……她是疾病时代的健康,僵硬岁月里的柔曼,女人中的女人,你我中的你我。

"邓丽君",她使这名字听起来仿佛一记词牌。凭歌声,凭那如诉如泣的颤音,那深涧流瀑的心律,我断定她星光般的美丽。

她纯洁得永远像春天,像蝴蝶。躲进她的歌,就像躲进姐妹的长发,躲进母亲的旗袍里。不必羞愧。不必。

有那么几年,逢深夜,我的功课即戴着耳塞,躲在被窝里捕捉各式电波——那些夜空中成群流浪的精灵(它们是我一年四季的萤火虫)。一个频率,或许是台湾的吧,每逢子夜,总会赠送她的歌。很多时候,她用粤语唱,不甚懂,但不重要,对我来说,她已成了一道和月光、缠绵、大海、思念有关的背景。她是我的夜晚——不,是我世界里最重要的女眷。

我想,或许有一天,她会到海的这边来,带着她的长发和旗袍。

可,就在那个深夜,公元 1995 年 5 月 9 日,大约凌晨 1 点钟,一记霹雳炸响:一代歌后邓丽君猝然辞世,泰国清迈……那晚的电波,全被一股黑天鹅绒的气息罩住了。她的歌,她的笑,她的柔软,她的耳语,她独特的颤声……

邓丽君邓丽君……

一部嵌进我身体里的柔软。一个我听了多年的女人。

她被上帝接走了。永远的在水一方。永远停在了海的那边。

如今,我怀念她,就像怀念逝去的青春和发黄的日记,就像怀念前世生生死死的爱人,毫不羞愧。

我在无数场合听过有人唱邓丽君的歌,亦无数次听见一个声音:"俗!"不错,俗。很奇怪,为什么同样的词,换了个通道就变了味?仿佛不是从生命而是从胃里发出来的?但我想,若这"俗"是冲着邓丽君，我一定会怒不可遏，或者，我会把"俗"看成一个很高贵很美好的字。

　　有年冬天，北京，一间酒吧里，朋友向我淡淡地介绍一对朋友，他指着女子说："就是她，大陆唱邓丽君最好的，曾有人拿她的歌做盗版……"我一惊，很用心地看那女子。的确，她很像我记忆中邓丽君的模样——精神模样。自始至终，她几乎不开口，只有气息，风清云淡的气息，冰薄荷的气息……后来，那女子应邀唱了一首，我惊呆了，这是我第一次听到邓丽君的歌声由一个现实女子的体内汹涌而出。不，不是模仿，不是遗像的声音，不是磁带的声音。她源自一部鲜活的青春之身，自然地，就像月光从海上升起。

　　那个阳光还算灿烂的下午，我确感受到了一股来自当年黑夜的潮水。感谢她。我相信友人的话，邓丽君是一个密码，而她天生就理解这个密码，所以很本色就唱出了她。其实，她只需唱出自己就够了。

　　她们是生命的同类，精神的姐妹。

　　走出酒吧的那一刹，我被遽然刺来的阳光吓了一跳。闭上眼，想起了我的收音机。它已很旧很老，退役多年了。

2000 年

女人，喜欢你的作品吗

卢梭在描述华伦夫人时说："我完全成了她的作品，成了她的孩子。"

大凡相爱男女，其生命和灵魂无不彼此吸吮、互为注脚，结合得像一个人。尤其女性，在男人的精神成长和价值观发育方面，多扮演着乳娘的角色。某种意义上，男人无不是他所深爱女人之作品，其性情、品格、信念、审美，极大地受着母体的濡染和暗示。像乔治·桑之于肖邦、巴莱特之于白朗宁、莎乐美之于里尔克、波伏娃之于萨特、阿伦特之于海德格尔、克拉拉之于勃拉姆斯，又如卓文君之于司马相如、唐婉之于陆游、李香君之于侯方域、柳如是之于钱谦益……

在文学、音乐、哲学、美术等方面，欧洲史上有过一些著名的黄金时代和经典岁月。人们往往只记住了大师的作品和盛名，殊不知，其本人多是那些幕后女子"精心构思"之结果。

在世俗流言里，"莎乐美"这个名字像一抹妖娆的流苏——缀饰在一大排优秀男士的相框下：尼采眼中的女神、里尔克的情人、弗洛伊德的密友……事实上，莎乐美的最大魅力即她的独立和智慧，在于她的精神性感。于情于智，莎乐美都堪称这些大师最重要的生命邻居和灵魂伴侣。德国作家萨尔勃曾形容："男人们在与这位女性的交往中受孕，与她邂逅几个月，就能为这个世界产下一个精神的新生儿。"她接受了尼采的倾慕，却拒绝了求婚，俩人碰撞的结果是：他写出了

《查拉图斯特拉如是说》，她完成了《弗里德里希·尼采及其著作》。里尔克遇见莎乐美时只是个纤弱的青年，诗人不仅从她那儿获得了丰腴的爱情滋养，更让自己的额头和诗句迸溅出最瑰丽的光芒。而弗洛伊德，则和莎乐美保持了长达20年的智慧通信……另外，作为优雅女人和自由思考者的莎乐美，还与瓦格纳、列夫·托尔斯泰、霍普特曼、斯特林堡等人结下深厚的心灵友谊，用一位传记作者的话说，他们是"思想的挑战与应战的关系，理解与被理解的关系……也是彼此吸引和征服的关系"。可以想象，假如那半个多世纪的欧洲文化舞台上撤掉了莎乐美这个角色，其剧情该多么枯燥而乏味啊。

我们常看到，正由于一位杰出女性的灵魂哺乳，才滋养出一个优秀男人的精神世界。可以说，没有少女贝亚德，就没有但丁和《神曲》；没有克拉拉，就没有勃拉姆斯和《四首严肃的歌》；没有斯塔尔夫人，就没有思想家邦·贡斯当和《阿道尔夫》；没有伊文斯卡娅，就没有帕斯捷尔纳克和《日瓦戈医生》；没有茅特·冈，就没有叶芝和《丽达与天鹅》，没有朱丽·查理，就没有诗人拉马丁和《孤独》……一旦足够数量的美丽女性叠化出一种让人瞩目的群体价值——并担负起将该价值提升为时尚主流的义务，那距一个优秀年代的诞生即不远了。

无形中，女人已扮演着社会最大的教育者之角色。女人的品质，犹如风向标，往往折射出一个时代的品质，暗示着整个社会的精神形貌。在欧洲骑士文学和浪漫主义作品里，哪个少得了风姿优雅、气质高贵的夫人形象？正是她们不惜成本追逐爱欲的激情、痴迷艺术的狂热、少女般的纯真、近乎任性的自由不羁，给自己的时代注入了唯美烂漫的气息和飞蛾扑火的胴影。正是她们对理想爱情的溺想和诉求、对"王子""侠士"火辣辣的翘盼，塑造着自己时代的男人，并通过男人塑造了整个时代。

说实话，我倒真奢望那些经典时代的红粉特质能成为今天的一种时尚，成为当代女性的精神模特，成为一种趋之若鹜、竞相模仿的标准像。哪怕附庸风雅——总比附庸粗俗好吧。

生活中，女人往往以她的行为美学和价值标准——潜移默化地塑造着身边的男人，尤其倾慕她、追求她的男人。女人的纯真、善良、才华、美德，必将提升其爱人（哪怕暗恋者）的素质和品格；相反，女人的虚荣、势利、浅薄、狭私，必滋生和加剧其身边男人的劣性。因为爱一个人，即意味着已接受对方的价值观、并渴望被器重与欣赏，自然会有意无意地遵循对方的尺度，以对方的标准塑造和训练自己。有人言：好女人犹如一所学校。其实，坏女人也是学校，不过培养出的乃劣等生罢了。

　　有时候，纤细比粗壮更有力，阴柔比剽悍更强大。即使在男权社会里，粉黛的能量也是显赫的。逢对方身居高位，女人甚至可直接参与历史的书写，从褒姒、西施、吕雉到王昭君、武则天和孝庄皇后，莫不如此。

　　任何一个时代的女性主流形象和审美文化，必将对其时代的精神面貌和价值取向起到"家教"和"保姆"作用。女人智慧，则时代智慧；女人雅致，则时代雅致。若女人颓废，时代也就颓废了。

　　西谚说：看他与何人交友，便知其为人。推之，若把女性对男人的影响视为一种"创作"的话，那么阅读作品即可窥作者之素养。所以说，只需审视一下当今男性世界的生态，即足以对当代女性的整体下一个判断了。遗憾的是，女性们往往只顾指责男人的堕落，却全然忘了对方正是自己的作品之背景。

　　在我眼里，如果说当下女性在生命特征上有何缺憾的话，那就是：一种曾感动过许多时代、赢得过无数艺术赞扬的"经典之美"的消逝——那种用"优雅、从容、纯真、精致、洁净"等形容词合成的美，那种靠天然和学习得来的美，那种与美德共生的美，那种源于灵魂肌肤和精神骨髓的美……这样的生命类型，当代确属罕见了。

　　凭借优裕的生存，如今娇好的容颜比任何时代都要多，但这只是生理的鲜艳和器官的标致。太多的现代女子，把颜色当气质，以傲慢当高贵，拿肤浅当纯真……招致的是狂蜂浪蝶之追逐，失去的乃心灵的尊重与敬慕。所谓的温情脉脉，一旦没有了精神含量，也只是酥骨的挑逗而已。

过分突出生理而忽略精神，过分夸饰表征而轻视内里，此乃镀金与真金的差别。

真正能进入审美视野、让男性动容、让艺术惊叹的精神肌肤，少之又少，更毋宁说"天使"或"女神"了。我们似乎再也贡献不出一个班婕妤、一个蔡文姬、一个薛涛、一个林徽因、一个莎乐美、一个邓肯、一个波伏娃、一个梅克夫人……甚至鱼玄机、李香君、柳如是这样的风尘清荷。如果那些"格格""宝贝""超女"们，真能代表当代女性最高成就的话，那真是时代的大悲哀，男人之大不幸。

毋庸讳言，当代女性文化正走向颓败。这种颓败与女性主体的放逐、精神含量短缺、生存理想粗陋有关，与女性欲望和女性价值的物化有关——

表面上看，女性已被推至社会消费的中心位置上，市场和物质的繁荣，很大程度上是为女人设计和准备的。这一点，只需瞥一眼商场情形即可证实，有几个男人独自溜达？哪个不是被太太、女友、情人拉来结账的？（那么，男人的消费重点又投向了哪里呢？如果不撒谎的话，须承认：除了女人，这个时代似乎没有为男性提供更多的消费客体。看看男人的消遣之地，哪儿不是群芳争妍、花枝乱颤？似乎没有女人在场，男人的消费欲望和激情即荡然无存）

可当代女性消费又几乎全是物质型、感官型的：内衣、香水、时装、减肥、护肤、瘦身、丰乳、选美……"女为悦己者容"，取悦的方式和内容又是什么呢？她们争取到的价值展示空间委实小得可怜：也就T台和卧室那么大。

可悲的是，除却女性自身消费形态的物化外，男人对女性的消费也呈一种物化走势。表面上女性被重视、受呵护，可细打量则不对劲，因为被重视的"地点"不对——只剩下肉体部位，却没有精神部位。如果说，传统的性消费基本上还算身心并赴、全方位的话，那如今就只剩下"身"而没有"心"了（身代表的只是物性）。男性世界对女性的设计和要求，已简陋到了一种挑肥拣瘦、论斤称两（身高、体重、三围）的蔬菜档次、畜牧业水平。

在男性不断膨胀的生理欲望和感官趣味下，女性的主体尊严和精神价值已萎缩到了令人吃惊的地步。奇怪的是，在这份由男性起草的不合理的消费意向书上，多数女性是签了字的，甚至高高兴兴签的。非但不质疑、不反抗，反而为能否让男人满意或更满意而忧心忡忡。

你很难说清楚，究竟时代的物化导致了人的物化还是相反？究竟男人的堕落引发了女性堕落还是因果颠倒？或许只是个"鸡生蛋蛋生鸡"的无聊话题？

但有一点显然：在男人这件让人头疼的作品上，很多女性没有做好一名雕塑师。在对男性精神的影响和价值校正上，"学校"没有尽到天然职责。

2002 年

仰望：一种精神姿势

> 我们生活在阴沟里，但依然有人仰望星空。
>
> ——王尔德

在先者关于生命、时空、信念……的声音中，有一句话，于我堪称最璀璨、最完美的表述，此即康德的墓志铭："有两样东西，对它们的盯凝愈深沉，在我心里唤起的敬畏与赞叹就愈强烈，这就是：头顶的星空和心中的道德律。"

仰望星空——许多年来，这个朴素的举止，它所蕴含的生命美学和宗教意绪，一直感动和濡染着我。在我眼里，这不仅是个深情的动作，更是一道信仰仪式。它教会了我迷恋与感恩，教会了我如何守护童年的品行，如何小心翼翼地以虔敬之心看世界，向细微之物学习谦卑与安宁……谦卑，只有恢复谦卑，生命才能获得神性的支持，心灵才能生出竹枝的高度与尊严。

如果说"仰望"有着精神同义词的话，我想，那应是"憧憬、虔敬、守诺、皈依、忠诚……"之类。"仰望"——让人端直和挺拔！它既是自然意义的昂首，又是社会属性的膜拜；它可喻指一个人的生命动作，亦可象征一代人的文化品性和精神姿势。多年来，我养成了一个观察习惯：看一个人对星空的态度——有无"眺"之惯性，有无和"仰"相匹配的气质。某种意义上，看一个人如何消费星空，便可粗略判断他是如何消费生命的。于一个时代的群体而言，亦如此。

当追溯文明之源时，你会发现：在古希腊、古埃及、古华夏，最早的文化灵感和生命智识——莫不受孕于对天象的注视，莫不诞生于玉庐苍穹的感召和月晕清辉的谕示。神话、咏怀、时令、历法、图腾、祭礼、哲思、占卜、宗教、艺术……概莫能外。日月交迭，斗转星移；阴晴亏盈，风云变幻；文化与天地共栖，人伦与神明同息；银河璀璨之时，也是人文潮汐高涨的季节。星空，对地面行走的人来说，不仅是生理罗盘，也是心灵照明和精神导航；不仅是光线来源，也是诗意与梦想、神性与理性的来源。从雅典神庙的"认识你自己"到贝多芬"我的王国在天空"；从屈原"夜光何德，死而又育"的天问，到张若虚"江畔何人初见月，江月何年初照人"之欷歔……正是在星光的召唤与引领下，人类才印证了自己的足点，确立着无限和有限，感受到天道的永恒与轮回，从而在坐标系中获得生命的镇定。

失去星空的笼罩和滋养，人的精神夜晚该会多么黯然与冷寂。

生命之上，是山顶。山顶之上，是上苍。对地球人来说，星空即唯一的上苍，也是最璀璨的精神穹顶，它把时空的巍峨、神秘、纯净、浩瀚、深邃、慷慨、无限……一并交给了你。

汉语构词真的奇妙，把"信仰"二字拆开即发现：信与仰的关系竟那么紧密——信者，仰也；仰者，信也。唯仰者信，唯信者仰。

对星空的审美态度和消费方式，往往可见一个时代的生存品格、文化习性和价值信仰。我发现，凡有德和有信的时代，必是谦卑的时代，必是尊重万物、惯于膜拜和仰望的时代；凡理想主义和浪漫主义涨潮的季节，也必是凝视星空最深情与专注之时。

应该说，半世纪之前的人类，在对星空的消费上，基本是一种纯真的、童年式的文化和精神消费，更多地，人们用一种唯美和宗教的视线凝望它。但现代以来，随着技术野心的膨胀和飞行工具的扩张，人们变得实用了、贪婪了，开始以一种急躁的物理的方式染指她……手足代之目光，触摸代之表白。这有个标志点：公元1969年7月20

日,随着"阿波罗"登月舱缓缓启开,一个叫阿姆斯特朗的地球人,在一片人类从未涉足过的裸土上,插下了一面星条旗。

当星空变成了"太空"、意境变成了领地,当想象力变成了科技力和生产力,"嫦娥奔月"变成了太空竞赛和星球大战——人类对星空的消费,也就完成了由"爱慕"向"占有"的偷渡,对之的打量也就从恋情式进入了科技式和政治式,膜拜变成了染指和窃取。不仅恋曲结束了,连纯真也一并死掉了。

至此,康德和牛顿所栖息的那个精神夜晚,彻底终结。他们的星空已被彻底物理化。

2005 年

人类如何消费星空

> 触摸她,用目光,别用手指。
>
> ——题记

1

数千年来,对月亮这颗距我们最近的星体,人类所作的都是一种文化注视和精神打量,或者说,乃诗意消费和美学消费。但最近的一件事,却改变了这一传统:有人以实物和商品的方式消费她。

2005年秋,北京朝阳区,一家新出炉的公司赫然亮一招牌:"大中华区月球大使馆"。据称,该公司已在工商局正式注册,乃美国"月球大使馆"在中国的总代理,全权负责月球地皮在中国区的销售,范围为:月球北纬20度至24度,西经30度至34度。这究竟是怎样一笔买卖呢?公司称,买主可得到一册装帧精美的月球土地所有权证书,上载月球宪章、外层空间条约等条文,买主拥有该土地的所有权、使用权、地表及地下3公里内的矿产权。价格呢?不贵,每英亩298元人民币。

此招一出,舆论哗然。若非朱红大印的工商执照,还以为哪个行为艺术家在搞笑。可查阅了"月球大使馆"的境外身世后,我却笑不出了,因为,它近乎"合法"——

"月亮大使馆"的创始人叫丹尼斯·霍普,早年一偶然,他发现联合国1967年制定的《外层空间条约》有一处疏漏,即在此约中,所有成员国都承认太空的天体主权不为任一国家所有,但它并未限定私人拥有的权利。这位聪明人大喜过望,立即向当地法院、美国、苏联和联合国递交了一份所有权声明,宣布自己为太阳系除地球外所有星体的主人,并于1980年开始,正式兜售他的财产。"月球大使馆"即他开设的第一家"售楼处"。

按西方法令:凡不被禁止的,即合法。这意味着,要想剥夺丹尼斯自封的领地,必须拟定一部新的太空条例。可种种原因,丹尼斯的这个天敌迟迟未降生,于是其生意便浩浩荡荡了。据称,该大使馆已有230万之众的客户群,售出近4亿英亩的月土,顾客中更不乏名流显士,比如好莱坞明星,美国前总统罗纳德·里根和吉米·卡特等。

虽说在西方,"月球大使馆"的泡泡糖早已满天飞,可它降落在中国这样一个刻板务实的地方,还着实惊人不小。据报道,北京的职能部门一上来有点手足无措,觉得它有欺诈之嫌,可又说不出它究竟犯规在哪儿,据说正调集各路方家商量对策呢……若它真无人问津、自生自灭也就罢了,可如此蜃景般的"楼花",还真有人青睐,短短几日,已有数百人预定。这下,连饱学之士们都沉不住气了:"天文学和社会学界的专家纷纷表示,月球及其他星球皆属全人类共有的公共资源,是不属于某个人的。开采月球资源应属国家行为,个人根本不具备主体资格……"

上述摘自一家报纸。目前为止,该声音代表了反对者的主流立场,也似乎代表着"理性""客观""公允"的最高水平。其核心可浓缩为一句话:月球是全人类的!你凭啥抢大伙的东西?

月球是谁的?是"全人类"的吗?这支疑问突然从脑子里飞出时,我不禁也怔住了。是啊,较之"个人—公共"的博弈,这难道不是一个更大更惊险的问号?

这是个有价值的问号,但显然,也是个有花无果的问号。因为它越出了"人本"伦理的边界,几乎逼近了一个人的宇宙信仰,而信仰即愿意信仰,这注定是一件无法讨论——只供选择的事。

我的选择是:月球只属于上帝,或者说,只属于她自己!有趣的是,这观点得到了一个幽默的声援,互联网上,看到一位无名氏的帖子:"如果月球或者其他星球上有生物呢,人家愿意么?比如,外星人来到地球,然后说地球是他们的,我们愿意么?这不是疯狂,是无耻啊!"

是啊,若人类自恃有权把月球当可支配资源,那无疑也埋下了另一种风险:另一星球的生命,把地球注册为了私产怎么办?"己所不欲,勿施于人。"此既人伦,亦为天道罢。

无论"月球大使馆",还是急于回收主权的法律方或理性派,它们再分歧,也有一共识:月球是人类的财产!在这点上,双方是利益共同体。买卖的前提,制止的依据,都基于"人类中心论"。若有人宣称月球不属于"人",那双方恐怕都要跳起来同仇敌忾了。这不外乎一场集体和个人的分配之争,一场涉关"业主"名分的归属之争。这对表面的敌人,实乃精神同谋。

我不会充当"月权证"的消费者(我只会是"月亮"的消费者),但我也不会是这样一个反对者:以人类的权利剥夺某个人的权利,以集体的名字覆盖住某个人的名字。我既不支持一个人的占有,也不支持全人类的占有。在我看来,双方乃同质的疯狂。

阿姆斯特朗登月后说了一句话:月球属于全世界。我知道,他是从"物"的配属意义上说的,而我想说的是:月亮属于她自己。

她有着独立的宇宙人格和主体性。

2

作为一桩新闻,此事让我重视(我称之为一起"精神事件"),并不在于它的法理是非——这仅仅是个"有限是非",而非"绝对是非"。

让我感慨的是：这场公然对月球的圈地运动，它并非常见的国家行为，而是一场民间欲望的即兴表达；它头一回——把大众对月亮的消费经验，从几千年贯之的精神和文化层面，诱拐到物质消费上来了，并赢得了广泛的青睐和簇拥。

"到月球上置业去！"无疑，这是想象力十足的消费，正像媒体鼓吹，"此乃人类想象力的伟大创举！"先不理睬"伟大"，"创举"我是认同的，且觉得这是一记惊人的想象力撑竿跳。不仅惊人，而且骇世。较之数千年来人们对月亮的眼神，此番消费暗含着一次"革命"，或者说"精神暴动"。

让我们先耐心看看买主心理吧，他们究竟在消费什么呢——

一位先生漫不经心道："买月权，就是花几百元买个证玩玩呗，如果女友要天上的月亮，我就拿这个给她，哄她开心。"

一个颇有情调的男人！这恐怕是最典型的消费者了。心知肚明，那三张百元大钞换来的文书，与其说是一份地契，不如说更像一个纪念品。它本身不构成任何实用性消费，只是一种想象力消费，一次心甘情愿的"异想天开"。

有趣的是，我还看到一则宣泄性的网帖，出自一位正为房价暴涨发愁的青年："300元能买什么？在北京，连一块鞋掌大的地也拿不下呀！地上的买不起，咱就买天上的，好歹也当回'业主'不是?"

是啊，纵眼寰宇，哪儿不正轰轰隆隆上演"寸土必争、寸土不留、寸土寸金"的焦土战？哪支看得见的地球资源不被炙热的商锅炒得只剩骨头渣？当不成实际的业主，在虚拟游戏中过把瘾，也算精神胜利法吧。

如果说穷人的"浪漫"——多因为现实消费能力不足、出于对地面生计的沮丧、并试图对"一无所有"身份稍作挣扎和修改的话，那还有一类人，一种恐龙级的野心家，其物质想象力和欲望扩张力已至骇人地步，《世界新闻周刊》称：对世界首富比尔·盖茨来说，地球上已没啥能吸引眼球了，他已将目光放至太空，并有购买火星的打算……

在牛皮吹上了天的背后，这是否也显示：地球资源的分配游戏，确实已玩到了山穷水尽的地步了呢？

不管咋说，"月球大使馆"生意不错，在现代市场上，它"诗意栖息"的星空消费，很有人缘。令我不安的，恰是这人缘。"缘"意味着一种共谋、一种合拍、精神上的一拍即合，这意味着买卖双方已步入一种"同志"关系。

何时起，我们眼中的月亮变成了"月土"？情欲变成了物欲、精神元素变成了物质资源？"琼楼玉宇"变成了挂牌地皮？即使这交易比期货更虚拟，但这虚拟泄露了我们对星空怎样的态度？怎样的生命质地和心灵气象？我们还有迷恋事物的能力吗？仔细盘点一下，我们还有多少可供敬畏和仰望的东西？还剩下多少精神家底？

无论蓄意的卖方、天真的顾客，还是集体主义的"公物管理员"，其消费心理中都暗含着对月亮的大不敬，都泄露了民间精神大盘上那支物质主义股势的强劲。比"瓜分"更可怕的是"瓜分意识"，这印证了一个事实：在现代人视野里，"月亮"——这一被仰望了数千年的文化意象和精神图腾，正被"月土"这一尘埃概念覆盖，她的天然神性和光芒在褪失。同时，人类的欲念也在缓缓出轨：手脚正试图取代目光！

3

把月亮当画饼来叫卖，缺乏想象力的人真干不出，但容我刻薄一点说：这是才子加流氓的想象……不错，它可以叫时尚，但这是浪漫吗？真正的浪漫主义能咽得下地皮包裹的月饼吗？

其实，透过现代人的轻薄裙摆，窥见的恰恰是浪漫的贫困和诗意的溃败。

在我心目中，"月亮"和"月球"永远是两回事。前者为美学名词，是文化属性的概念，乃审美的结果；后者为物性名词，是地理属性的概念，乃实用的结果。当民间开始更多地使用"月球"而非"月亮"的时候，这说明了什么？在现代人的精神图谱中，拜物性和功利性正愈发显赫。

几千年来，月亮，以其温美恬静的面容，悬挂于我们的人文视野中。"月桂""婵娟""天仙""望舒"……作为最亲密、最宝贵的一个邻居，她像一位情侣，像一记忠诚而浪漫的誓约，厮守着地球的浩瀚长夜。我不知道，当有人在月亮上掰下一块"产权"后，再注视她的时候，是否就会更深情、更痴迷？或许会，但这样的痴迷必定是卑琐、轻佻、不大气的。那份痴迷里，是绝对萌生不了"起舞弄清影，何似在人间"之诗意的。

我不知道，当月亮被磔成寸寸缕缕的地皮后，那些自称拥有天才想象力的头脑，还将怎样继续想象对她的染指？与其说这是诗意，不如说更是歹意，犹如好色之徒对美女的垂涎。

"清樽素月，长愿相随""但愿人长久，千里共婵娟"……当"婵娟"被打包成千万个纸片的时候，人还剩下多少"长久""长愿"可待？这是月之悲，还是人之悲？

"月球大使馆"——伦理上看，乃一桩精神腐败案，它让我看到了现代人的狂妄和虚脱、赌性和贪婪。连月亮都吵嚷着要卖了，人类真是穷到了历史的最低点。脑力上讲，它确实是现代人最有想象力的一次消费，但也是诱杀想象力的一次阴谋。它凭的是灵感，毁灭的却是诗意。与其说这是最有想象力的人干出的最没想象力的事，不如说这是最没想象力的人干出的最有想象力的事！

它会被记住的，以"丑闻"的身份。

4

物质力在膨胀，精神力在萎缩。

沧海一粟，云天一埃。人类文明，不过是个偶然，不过是日光和月光下的一群生命蝌蚪，不过是宇宙恩泽下的一条灵性小溪，背叛了这一本分，才是悲剧开始。

卑微，乃人类最大的美德。或许也是最后的美德。

"不知天上宫阙，今夕是何年"，尽可能大声地朗诵这古老情怀吧，尽可能多地使用"月亮"这一精神名词吧……唯此，才对得起她的恩泽，人才是富有的，人的成长才不以牺牲童真与纯洁为代价。

仰望星空吧，那儿居住着我们唯一的上苍，也寄存着我们最大的未来和精神故乡。再不要去说"征服""分配"之类的粗话脏话了……对上苍，唯一能做的，就是注视和请求。

想起了一句危言：这世界消亡的方式不是一声巨响，而是一阵呜咽。

我视之为一个值得感激的忠告。

2005 年

"深度撞击"：星空暴力备忘录

2005年初，美国宇航局发射了一枚造价3.3亿美元的太空探测器，其使命公然嵌在其徽号里："深度撞击"。这是一次历程4.31亿公里的长途奔袭，同年7月4日，按地面指令，它发射的铜质撞击器狠狠击中了"坦普尔一号"彗星的内核。是日，全球传媒纷纷以"炮轰彗星"为题欢呼雀跃，世界各地的天文族更是以节日般的狂热庆祝这一"人工天象"。

"盛事、奇观、壮举、征服……"这样的新闻语汇，一点都不奇怪。我奇怪的是，那激动和喜悦竟如此一致，几乎闻不见杂异之声，仿佛置身于那类以"团结"著称的会场：全体通过，雷鸣般经久不息的掌声……这样的单调，这样的统一，对一个自以为生活在多元世界里的人来说，不能不错愕。

大家以怎样的亢奋享受这一"炮轰"的呢？采几段报摘吧——

北京时间4日13时52分，"深度撞击号"释放的撞击器飞驰着作了最后冲刺后，准确撞击了"坦普尔一号"彗星。人类首次"人造天象"奇观诞生了，茫茫太空中绽放出宝石光芒般绚烂的焰火。

当然，记者深谙这不仅是一天文奇象，更是有深意的社会性事件，于是向学者讨教："在著名科普专家某某看来，这起'深度撞击'不仅是对彗星的挑战,更是对人类想象力的自我挑战,'以前我们总担心彗星会撞上来,现在人类主动出击……撞击的动力,除了科学技术,更有敢于幻想和敢于实践的勇气'。"

"记者就公众关心的问题对紫金山天文台某教授作了专访。他说'无论就科学层面,还是公众欣赏角度,7月4日的炮轰都具有重要意义……这是人类转守为攻,是人类主观能动性在宇宙中的充分体现。'"

说实话,这些高论让我别扭,私以为,"炮轰"毕竟乃粗野之武力,毕竟是破坏宇宙和睦与宁静的事,尽管人类出于未来风险和前途考虑,但毕竟有滥伤无辜之嫌啊。对那颗被假想为"敌"的慧星来说,实在太不公平了……试想,若有上帝——或存在"宇宙伦理"的话,人类该为此担何责呢?我还想,若有外星生命,若哪天对方心血来潮,将地球当作掷铁饼的靶子,人类又会做何感?岂不悲愤死了?即使对坚定的唯物论者而言,一切假设都不足以晓人,但在做一件自私且霸道的事时,总该有点歉疚和虚怯吧?凭什么?凭什么牛皮哄哄、颐指气使?

不错,"炮轰"的瞬间,我目睹了人类物质能力的强悍,但我无法承认:那亦是精神能力的强大。相反,就像当年原子弹的爆炸,随着蘑菇云的升腾,文明恰恰坠落了,纯真恰恰夭折了——人类进入了它粗野膘壮、狡黠世故的中年。不错,"炮轰"意味着一次大导演和大手笔,但说到底,是物质的大手笔,而非精神的大手笔。为什么?因为它太自负,它欺辱另者,它有失谦卑,它连犹豫都懒得了。

那天,我无意中闯入一天文爱好者网站,看到了无数"炮轰"瞬间的照片。不错,那是一簇绚丽的科技烟火,但无论如何,我都不承认它是人类的精神礼花。那辉煌是丑的,精神的丑。它自私、粗野,像一个流氓耍一手好拳脚。

本以为,对这样的事,即使不是众声喧哗,至少也会略有微词吧。可没有,到处是欣喜若狂、欢呼雀跃。接下来的几天里,我在观察,也在暗待某种东西。那些人文主义者、惯于"不同异见"者、基督徒和绿色人士、"人类中心主义"的反对者……你们,躲哪儿去了呢?

终于,等来了一则新闻——

俄罗斯《消息报》称,有一位叫马瑞娜·拜伊的女士,"炮轰"事件后向法院提起诉讼,控告美国宇航局,因为撞击产生的尘埃导致了宇宙污染,她引用律师的话说:"美国航空航天局侵犯了我的精神观和生命观以及宇宙中的自然生命,并破坏了宇宙各种力量的平衡。"此外,拜伊女士强调:"坦普尔一号"彗星于己有着特殊的情感意义,她的祖父祖母能走到一起,全靠了这颗彗星……为此,"炮轰"给她带来了巨大的精神痛苦。

据说,莫斯科法院虽勉强接下了诉状,但一派茫然。

我想,如果我是穿黑袍的法官,会怎么做呢?很可能,我无力维护她,毕竟,心灵支持的东西,和法槌支持的东西,不是一回事。但在心里,我尊重她,我会在走下庭阶时向她致敬!因为她身上有一种稀有的浪漫和严肃,尤其她自称的那份"痛苦",太珍贵!任何时候,我都绝不敢嘲笑这样的痛苦,我觉得她很纯真、很童话、很高尚,比我们每个人都要正常和高贵。同时,我觉得她不该找自己的同胞打这场官司,法律只负责人际,只管地面的、眼皮底下的事,对天上事务实在爱莫能助。茫茫宇宙,唯一能接受她诉状的,即上帝了,唯一能声援她的,即"天理"了。某种意义上,她无须起诉,她不战自胜。

联想到另一群仰望者——狂热的天文迷和摄影族,为了精彩瞬间,为了最佳观测点,他们辗转万里,废寝忘食……他们是优秀的职业人,执著和激情都令人钦佩。但同为仰望者,较之拜伊女士的痛,他们却是喜不自禁,双方的感情色彩和心灵向度有天壤之别……何以如此呢?后来,我顿然醒悟:他们眼里,星空只有物理位置,没有精神席位;他们的仰望只是"抬头",是在捕捉星空,这和康德的"仰望星空"完全两码事。视觉膜拜和心灵朝圣、物理仰慕和精神诉诸,太两码事了。

由此,我还想到了两个词——

一是"令人鼓舞"。该词主体明确:人。利益指向明确:人。在

"炮轰"事件中,价值本位自始至终围绕的都是"人",从这一圆心出发,"炮轰"当然是令人鼓舞的伟业。可我在想,"令人鼓舞"的事一定是好事吗?一定是美好的事吗?

一是"天经地义"。显然,天理是比人伦更大的价值观,它具备了神性,从境界、视野、关怀力上讲,它是更伟大的宇宙伦理,是超越人本立场和地面生计的,它描述了一种更高远、更具归宿感和终极性的"大公""大义"。

一个仰望星空的人,一个有信仰定力的人,首先遵循和膜拜的一定是"天经地义",而非"令人鼓舞"。一旦二者发生纠纷,她将毫不犹豫地听从天理的召唤,像拜伊女士那样。

信仰,即愿意信仰。这是由生命气质和精神气象决定的。

很简单。

2005 年

蓝　湖

现在是冬天。

我已无法将灰恹的外界同幽静的夏夜联系起来。刚搬进一幢新落成的公寓,少有人愿住这么高,靠楼顶和山顶都很近,离往事又太远。"有一种在仙人掌上做俯卧撑的感觉"（一位诗友的话）。

黄昏一走,凛冽的西北风便像一匹孤寡老狼打着呼哨在城市峡谷里悲愤地乞讨。

夜很冷。远非湖水那种蓝色的冷。我又开始感到体内潜伏的理性干燥,如仙人掌的芒刺。突然停电。电暖、书桌、纸笔、台灯……全瘫成一堆的废蛋壳。就在这个时候,你火鸟般红彤彤的影子闯了进来。可那只是你的一件红风衣——挂在墙上的油画。我也从未见别的女人穿这种颜色。

你永远倚在自己的屏后。不肯过来。

而梦与眼下,我都走不出。

我狐疑着将脸贴近窗玻璃,迎面几乎挨上了气流吹来的恋影,猛一惊,手指触去,湿漉漉一层霜。

后来,灯亮了。我不得不回到床上。灯彻底灭了。

后来呢……黑暗里有声音问。

没有后来,我实在厌倦了这种问式——混含着对当初说那句"再见"的鄙夷。没有再见,黑暗中她微笑着纠正我,迷人地伸出裸臂。

没有月亮，却有繁星。星星像谜语一样多，又大又亮深不可测……实际上我们只有一个夜晚。

那年，我20岁，在湖畔。你也在湖畔，夏天。你很美，像一个传说。我初上岛的时候，你已彻底熟悉了湖畔，你说自己该退出了，这是你平生见过的最美的岛。

可没有一个地方永远是美的。你说。

我是寻着寂寞和蓝蒙蒙的湖雾而来的。夜很热，脚底踩着冰凉的石块，微微颤抖——我怀疑它们是鸟类的尸体，飞累了便趴在那儿。我无路可走。天一黑我便转了向，或者说只有不为路所骗才能去你想去的地方。

许久了，阒静的夏夜常使我陷入一种恐慌、一种危机、一种渺茫的幻境：我是谁，谁的脸？谁的过去、现在或未来？究竟有没有我这样一个人……

我痴呆地想：自己到底怎么啦？

夜色没有边缘。世界没有。狂想也没有。

我好几次都差点儿摸到了心底，却发现更诡谲的寓意仍在下面，像草丛深处的蛇，冷冷醒着，若明若暗。

清醒实为一种可怕的局。我脸色苍白，额头渗汗。

这个故事不像只发生在梦中。虽然听起来极像是在说天上只有繁星没有月亮……日记中也找不到这一章，大概故意隐了去罢。

草地逶迤，果削皮一样参差不齐。一股浓烈的不知名的草香覆没了我，激灵一个喷嚏，我感冒了。就在这时，我瞥见了那栋传说中的红房子，还有那个比谣言更美的女人。她正歪着脑袋冲我笑。

我艰难地立住。学着笑了。

我是闭着眼睛来的。我想。

湖面隐约起了风，小屋里荡着一种浮萍之气。橙色的烛苗轻轻摇曳，涟漪一环一环，很宗教很激励人的样子。她着一袭柔暗水裙，体影如神话中蓝孔雀的顶翎……荣膺顶翎的是我？很快我便为这个欲念羞愧了。顶翎是她自己的，从不赠予。

她粲然一笑。露出最有征服力的那种细美的牙齿。

"知道吗，不，男人不会知道。今夜我实在渴望能极深地去爱一个人……那冲动太强烈太难放下。并非肉体的孤独，是灵魂，是意志的背叛，是一种与青春相依为命的活力和自由感动了我。是的，我被自己的野性感动了……就这样想着想着，我的心碎了，泣不成声。很幸福，很自私，也很满足……现在，你来了，那个人便是你了。"

不。我想告诉你我只是一副飘踪不定的面具。我连自己的身份都弄不清。我甚至不敢多说话，只有特别真实的人才敢于像你说那么多。

我只觉得自己俨然一桩阴谋。

我是有备而来的，寻着你的寂寞而来，携了好多的塑料花。它们只会说谎。连我也不清楚为何它们生来就是假的，或者说它们本身就是我肉体泛起的泡沫，只是更粗俗，更善于伪饰和欺骗。

她微微喘着，垂下睫毛，神情像少女一样羞赧。"我记不清了，记不清有过多少次了。或许这是第一次，或许它只属于一个梦。梦是不讲究开头或结尾的……"她突然睁眼，露出一种无法形容的美："这并非选择，是生命诚恳地教会人这样做的。凡生命教会的，人就不应放弃……对么？"

许多年后，我将深深感激她对我说了那么多的话，她不嫌厌我，对一个来历不明的人，她仍有那么多秘密忍不住要告诉，只求他一个人静静听。

我猜自己肯定还冲动地说了些什么。

我说了句可怕的话,我想知道你的名字,我会永远记住你。我只觉得这话毫无意思,只觉得胸腔里有飕飕的悲哀。

可她还是明白了。女性的怜悯像一只温柔张开的蚌,盛放男人的坠落。

我的沮丧是:我急于高尚急于成为一个女人眼中的诚实者。而现实却说:不。

"你真不该用这么笨的语气说话。真的,我真是一点不喜欢用'永远'造的句子,听起来像一场死亡,一具木乃伊,太累赘太腐朽。小时候,每见特别缓慢的东西我心里就紧张:比如蜗牛吸着树干,拖车携着挂斗往坡上爬……我觉得它们简直就要从生命背上摔下来了。只有最没希望的东西才被用来订做标本。你把我误作什么啦?海伦?蒙娜丽莎?永远不屈的口胶糖?"

"为何要下这样的决心呢?名字不过是迟早要脱落的一根头发,甚至不比纽扣更结实。为什么总想把自己锁进一只空盒子里呢?"

"爱是宇宙。宇宙就是我们的情人。"

"回到你身边去吧,明天的事你是不知道的,你是自由的。被人'永远'记住倒是一种不自由呢……"

她笑得很开心。像少女鄙视成人一样盯着我。

我在想:救救我……

我怎么会酿出那么多荒诞和纰漏?需要清洗多久,我才会露出温柔的脸和眼?我剩下的表情已不多。我默默地诵记,像聆听远方飘来的语焉不详的桨声。蓝蓝的天,蓝蓝的荷,蓝蓝的星……每一件风物都遭过我愚幼无知的篡改和诋毁。我无法不为湖畔如怨如诉的深情所羞愧。

我想自己一定长期羁留在一个混沌堕落的城市里。那儿一定人性险恶，缺少光照、呵护与温情，弥漫着令人窒息的瘴气和滑稽的理性……还有那些犯罪率极高的烟囱。

城市一定会把它遮天蔽日的黑雨和巫咒全浇在我的黑皮肤、黑额头、黑眼珠上……

我身世已久，在劫难逃。

我唯一的救赎在湖畔。我突然明白了那个久久折磨自己的谜底：我为救赎而来。

一定是的。我一定是好不容易才从某个下水道里爬出来……

啊情人，情人，我只知你是情人就够了。我在心里一遍遍快活地念叨，发出鸽子般激栗不安的咕叫。她肯定听见了，粲然一笑。

红屋子像魔方般热烈旋转，一群精灵，一群少女的软足在舞蹈……她不再为谁说话，身体却像红地毯一样徐徐抖开，一张一翕，伴着奇怪的呻吟。

是她的安静惊动了我吗？浑身的血似湖水在涨，似烛苗在烧……

她的话我已记不得了，我的心绪已被她颤喘的舌尖染红了。我亦能和她一样浪漫地讲述这个夏夜了。

欢乐不是秘密。不是塑料花。

夜比水更浓。

肢体比羽毛更轻；梦比昼更亮……

夜，童话一样安全而神秘。

迢迢的，蔚蓝的，没有再见的湖。

后来呢？黑暗又小声地问。

没有后来。许多年一晃就过去了。后来的许多事都不值得再提。

"我常常一个人独自溜出城市，在荒郊，在那些不算太新或太旧的沟壑和草石间，漫无边际地走着……偶尔抬起头，看见不知名的鸟儿飞过，睫毛便被什么狠狠划一下，我即会想起一些人，一些爱与被爱着的人，一些失踪或故去的朋友……"

我的多数文章即以此开头。

哦，或许你们根本没读过，或许早已把它给忘了。

不过，亦没什么。

1993 年 12 月

女子如雪

我对朋友说：读川端康成要在冬天，在雪和月光的晚上。没有孤独、寒冷、明澈……怎会有感动呢？

感动是一股带电的凉意。是颤栗。是那种浑身透明、毛孔张开——非要爱上点什么不可的感觉。

读《雪国》便是这样。

有七八年了罢，正值大学放寒假，空寂的校园开始降第一场雪。天色暝暗，硕白的雪瓣像一朵朵耀眼的会哭的烛光，像含泪的樱花，呜呜被风托着，飞来，飞奔来……

昼间你仿佛一直在睡觉，不吃不喝，像匹懒在洞穴里的小动物。只在听，满怀感激和敬意地在听……眼睛睁开时，竟是白夜，竟然还有月亮。

你在电炉上烤糊了半块馒头，就着啤酒吃了。然后看书，看的正是黄旧的《雪国》。

直读得面酣耳赤，目光带着酒意怅怅地抚摩着窗户，发呆，有一种疼痛的往事的感觉……玻璃上结一层霜，忍不住将一根手指去划，意显出了歪歪的"驹子"二字。心中陡地惊住，升起一股湿热，转而脊背颤凉，似电击般。月影轻轻扑打着窗户，明明灭灭中，便觉得和那女子近了，灵魂和呼吸都挨近了，水草似抖得厉害，刚一触着，又惊恐地逃走……

接下来是长长的不知时间的梦。在梦里,你竟偷偷做了回那男人。醒后甚至想,自己又何尝不配那份叫"驹子"的感情呢?那个鸟什么的"岛村"应该被换掉……

"风花雪月"中,最纯粹最烂漫的莫过于雪。

就日本的古典美学意境而言,积淀最厚、虔敬最深的也是雪。

川端便是离不开雪的作家。他的故事里总弥漫着一股拒绝融化的伤感,一种迷蒙的雪之苦味……雪,像缥缈的背景音乐,总要徘徊在女人出没的地方,令人激动的雪总会牵出一位令人心仪的晶莹女子来。《雪国》开篇道:"穿过县境长长的隧道,便是雪国。夜空下,大地一片莹白。"为何一上来就忍不住念及雪,就像急急去赴伊人之约?

这冲动让我看清了川端的美学世界:雪,女人,白,洁净。

冰天雪地里,那些纯真却不幸的驹子们,其灵魂和身子都似雪洗过的一样白,白得细腻、孤独,白得耀眼、凄然,白得忧郁、高尚,让人尊敬和怜惜,让男人们自惭形秽,负罪般黯淡下去。对艺妓驹子,借岛村之口:"与其说她的艳丽,倒不如说她的洁净,甚至连脚缝都是干净的……"这干净的确令世界鼓舞,值得岛村们狠狠感动和庆祝一番。

或许,正是东瀛列岛那无处不在的雪气和樱花哺育了这种清澈的生命美性。雪与女子肌肤相亲,彼此倾诉,自然和灵魂心犀相通,互吮互融……她们丰盈的躯体里充满旺盛的雪:雪之光焰,雪之温情,雪之诗意和灵性。那乳胀般的爱竟使她不顾危险去亲近一个薄情男子……简简单单的白,简简单单的交付,简简单单的高尚与不幸。

凡美的大都简单。只有丑秽的东西才不得不借助混沌与复杂。而简单遇上复杂,吃亏的往往是前者,或许这就是那些美性生命总不幸的缘由罢。

雪是大地上的一湖水银,折射出女子寒冷的腰肢。而驹子们不也是男人的一面镜子么?当她们明净的生命线条纤毫毕呈、淋漓泼洒的时候，岛村们却显出了深沉、虚伪和阴郁的病容，沦为需要照料、施舍和怜悯的可怜虫。

我突然醒悟了米兰·昆德拉的话：女人是男人的未来。

为什么雪之性情和本色唯独为女子所吸收？为什么岛国的男人却不行？

我终于发现，无论是皑皑之雪，还是哀哀之樱，它们——她们灵魂的内涵、气质和辐射出的精神光泽，的的确确都是"女儿性"的——那种婴儿式甜柔的白、那种孕妇型的宽容善良、那种母腹才有的温软与宁馨……

而男性不同，其混沌的天性确应了《红楼梦》里的说法。那泥沙俱下的秉质决定了男性世界的诡秘与浑浊。

在这个世界上，女人常常因简单而成为受害者，但她们并非人性的失败者。失败的是男人，沮丧的是男人，求饶和求助的是男人。她们因宽恕和搀扶反而才受害的。

女人是脆弱的强大，男人是强大的脆弱。

女人是雪中的白，而男人是雪中的惨白。

我突然觉得川端真是一位美好的老人。他不惜背叛了自己的性别利益，盾牌似的站在了善良、简美和雪的一边。

他是个唯美者。一个值得女性信赖的为数不多的——父亲般的男人。

1996 年 12 月

蝴蝶·美性·遭遇

> 我只赞许那些一面哭泣一面追求的人。
>
> ——帕斯卡尔

1

"他们像白天的光线一样明亮和美好,像蝴蝶一样不能自卫和朴实。"那天,在翻阅一套拉美丛书时突然撞见了这个句子。作者是诗人何塞·马蒂。他还说:"他唯一的力量就是他的心。"

我激动不已,仿佛为一束神秘的灵光所触醒,是呵,是呵,美性的生命不就是这样么?简单、纯净、清澈、皎洁……却无法自卫。美却无法自卫。

因为它唯一的力量就是它的心。

像蝴蝶,像鸽子,像琥珀,像苹果花和少女的心……她们手无寸铁,善良的心从不含刀子。

这决定了崇高和美的东西容易受伤。

在实用主义的生存竞争和外部冲突中,美显得过于纤细、精致,过于轻盈和虚缈了。她无法抵御粗暴的进攻,拿不出防卫的招数,更不具备逃跑的速度。她的简单、她的温美、她的宽容,皆显那般柔弱、那般招人怜惜和爱悯……在凶狠的物质与肌肉面前,她的尊严、聪慧、甚至强大的灵魂都常常束手无策。

但美不会自暴自弃。美仍是美，她不会因条件反射而动摇本色而沦为生命的叛徒。

所以亿万年后，蝶仍是善良的蝶，除了美丽的飘须更悠长更灿烂，她仍生不出牙齿。光线依旧是正直的光线，它不会折弯，不会被狂风拐走。

每次看《动物世界》，每次注视浩瀚的大草原：蓝天白云青山，漂亮的斑马，呼啸的鹿阵，宁静的鹤群，一队队步履舒缓的大型食草动物……我常隐隐动容，陷入深深的迷醉而不自持——为那世代相传的生命之简单、敦厚，之温良与坚忍……为那天性中永不可夺的生命欢乐和爱意——哪怕狮子随时会将其美丽的肢体撕碎、舔净。

宁肯毁灭也不能被打败。即使被伤害过千万遍也不试图去伤害……永远的流浪。永远的奔驰和生生不息。永远的自由与和平。永远的美学散步。

我含泪祝福你们。

每当这些遥远的画面丝绸般徐徐从荧屏前流过，我脑子里总闪出荷尔德林那个音乐般的念头——

"人诗意地栖居在大地上。"

这诗意必定和简单、天然、纯真……有关。

2

后来，这种"美—蝴蝶"的印象又在朱光潜那里被证实了。他说："它不是会反抗的，似乎总是表现爱与欢乐，唤起我们的爱慕。"

这"我们"无疑当是"美"的同类，是艺术者和艺术的对象，是写诗和不写诗的诗人，以及彼此深爱的男女与母子。

有一现象：几乎所有艺术家在咏美的同时总忍不住去歌颂女性和儿童，在厌倦了世俗的混沌阴暗后却把深情和眷恋撒向妇女及她的孩子——那一张张因简单而迷人的脸。这并非偶然,因为男性正是物质社会的主宰,是世俗权力的中心,是政治与战争的制造者,而女性、自然和艺术总是被逼至边缘,被冷落、虐待或打入另册……对现实的失望无疑隐含着对男性权能的鄙夷,因此以亲近艺术的态度和方式来关怀女人也就不足怪了。像但丁、歌德、拜伦、雪莱、普希金、托尔斯泰、叶赛宁、罗丹、贝多芬……乃至米斯特拉尔这样的女性,莫不如此。

尼采在《查拉斯图特拉如是说》中提出"精神的三种变形":精神如何变成骆驼;骆驼如何变成狮子,最后狮子如何变成小孩。为什么理想人格竟以儿童为象征呢?尼采写道:"弟兄们,请说,狮子所不能做的事,小孩又有何用呢?为何掠夺的狮子要变成小孩呢?——小孩是天真与遗忘,一个新的开始,一个自转的轮,一个原始的动作,一个神圣的肯定。"原来如此,尼采肯定的是一种以简为美的心灵童贞,一种天然无忧的生命自由,一种返璞归真的精神索引;而骆驼的负重和狮子的掠夺,作为生存的附庸价值,则被淘汰。因为其满足的仅是食欲和物欲,而非生命的内在要求,其关心的仅是吃饭,并非灵魂的安置和投宿。

尼采其实在说:儿童状态将成为人类上升的指南,艺术必将取代争夺、美性必将取代物性——催生未来的世界。

儿童乃蝴蝶的化身,乃艺术心灵和理想人格的化身。他纯真的逻辑、清澈的幻想、道德本能和自由天性,以及不能自卫……都彰显着生命美学的最高特征。儿童和女性一道成为艺术家描摹和崇拜的肖像体。古希腊神话中一切美神皆是以她们的形象出场,少女、母亲和孩子。

歌德唱道:"永恒之女性,引导我们走!"

这女性便是艺术的意思。

3

　　投身于美毕竟是少数人的事业，乃艺术家的寂寞私生活。自古希腊唯美时代开辟以来，浩淼时空中的艺术家如星辰一样多，但若将其洒播到每一座世纪之城、时代之乡中去，则又像太阳黑子一样少，形影相吊又彼此遥远，看不见，亦闻不及……

　　美性生命是那样简单、纤弱，世态却那般复杂、诡秘，其遭遇可想而知了。孑然的身影，微渺的呼喊，瘦削的臂膀划着没有螺丝的生存纸船，在现世的惊涛骇浪中，随时可被腰斩被撕碎……

　　简单之于复杂，纯净之于混沌，精致之于粗陋，很多时候，犹如女子遇上强盗，书生遇上兵痞……美性生命被世俗力量联合剿灭的例子太多了。

　　最不该忘记的是普希金。1837年1月27日彼得堡郊外的雪地里，那场梦魇般的决斗不就是俗恶对天才的一次集体谋杀吗？除丹特士这个无赖，凶手不也包括那些极力挑唆和泼脏水的旁观者么？诗人的青春傲气在一场器械赌局中被轻易掐灭了，这不仅是俄罗斯最死寂的时刻，也是上帝和缪斯女神的巨恸。一百年后，女诗人茨维塔耶娃用无限凄凉的语调回忆："我所知道普希金的第一件事，就是他被人杀害了……丹特士仇视普希金，因为他自己不会写诗。"是啊，因为很多人不会写诗，因为丑敌视美，因为平庸妒恨天才。李康在《运命论》中说："木秀于林，风必摧之；行高于众，众必非之。"理由很露骨：就是你和大家不一样，你是异类，你太骄傲。一言蔽之,谁让你臭美来着？

　　美从来就是孤立的，从来就处于险境中。他要抵御那么多来自四面八方的妒忌、奚落、刁难、恫吓与构陷……不仅精神上的挤兑，有时还遭遇突如其来的暴力戕害。阿基米德不就被破门而入的罗马长矛刺穿了吗？他虽不失尊严地请求肌肉发达的敌人："等一等，让我把活儿做完……"回答他的是冷蔑的寒刃和迸溅的血光。

这一切发生得如此愕然、疾厉,来不及抗拒,来不及留言……以博学著称的天才即喑哑了,像被狂风吞没的灯盏。阿基米德那大睁的瞳孔留给后世的,是绵延几千年的人性哀鸣和文明债务。为什么?为什么一个精致的生命竟被如此粗陋地敲响丧钟?

这是物质对精神的不屑,罗马意志对希腊童话的绞杀。

再如尼采、梵高、莫扎特、塞万提斯、荷尔德林、陀思妥耶夫斯基、卡夫卡、潘恩……他们的孤独潦倒与身后的光荣煊赫多么不对称。在艺术和美的贡献上,他们不愧为时代的璀璨星斗,但在尘土飞扬的市街上,却蓬头垢面、步履蹒跚。结构简单的生命时时碰壁、处处蒙羞,就像梵高那只天真的缠纱布的耳朵……在现实的诡谲、龃龉面前,美和才情竟招致了那么多的敌视,颠沛流离,格格不入,永远过着异乡人的生活……其寿命一般很短,不及常人的一半甚至三分之一。当莫扎特的《安魂曲》响彻全世界的时候,人们不是为其"尸骨何在"吵得面红耳赤么?

实在忍不住了,有人愤愤说:人类只会分享天才,却从不保护天才。

这让人沮丧,但并不让人绝望。因为,真正的艺术从来即排斥舒适的,苦难,尤其精神苦难早已成了天才生涯中必不可少的剧情和元素——即使这苦难超出了肉体的承载极限。一旦肉体陷于舒适,便是灵魂被出卖之时。

尼采曾概括自己的生命行踪:"像一缕青烟,去把寒冷的天空寻求……"(《最孤独者》)

是啊,寻求……在寒冷中升入更大的冷,如扶摇直上的蝴蝶……直到躯体被冻僵,覆上天国的雪花。

仰望星空时,我常有这般感觉:它们,那些明澈的星子,分别会是谁呢?尼采?梵高?莫扎特?

4

冰心有言:"只要你是简单的,这世界就是简单的。"

这不愧为一个令人鼓舞的说法,仿佛说:只要你是蝴蝶,世界即花园。

对实用者而言,它过于诗意和超验了,或视为一个唯心主义语言花瓶。

这花瓶却极宝贵,因为它亮出了信仰的根蒂:信仰就是愿意信仰,简单就是宁肯简单,美就是选择了美……还有什么可争论的呢?一切那么干净、彻底。我想起基督徒的一句话:上帝只为爱上帝的人而在。

美的生命皆以简著称,其载体像易碎的花瓶,质地纯粹,结构简单,不捆绑任何利益……它无力自卫,唯一的力量就是心,就是灵魂的光与热。

毁一只花瓶是极容易的,连一群苍蝇都做得到,但要将美性从世上抹掉,却是任何技术都完不成的。

因为更多更鲜的花是植在"蝴蝶—艺术家"心中的。谁能将它拔出拔光呢?

如此而已。

1996 年 11 月

女性气质

1

战争中,最美丽和宝贵的女性气质是什么?

坚毅、决绝、忠诚、牺牲的勇气?不,不仅仅。因为男人同样有,更应该有。看苏联电影《这里黎明静悄悄》,姑娘们留给我的不单单这些,当下沉的李莎从沼泽中仰起脸最后一次注视太阳,当不愿拖累同伴的丽达把枪口对准自己……不,不仅仅这些,那值得她们用生命去诠释和演绎的,不仅仅这些。还有别的,更重要的。

尤·邦达列夫在散文集《瞬间》中,有一篇名为"女性气质"的短文,描述了卫国战争期间一次对女性美的感受——

"我永远忘不了她那低垂在无线电台上的清秀面孔,忘不了那个营参谋长隐蔽部……我在快要入眠时,透过昏昏欲睡的迷惘,怀着一种难忍的愉快,看见她那剪得很短的、孩子式的金黄色头发周围有某种发白的光辉。"

在一片由男性躯体构筑的血火工事里,"女战士",一幅多么神奇的剪影!一盏多么鼓舞夜色的灯!她足以让苦难和牺牲变得可以忍受,让焦土与黑雪难掩生命之春的勃发,让激战前的搂枪少年不再因恐惧和迷惘而大睁着双眼——从此,让他久久不能入睡的,是姑娘的羞涩、是她逼人的体温，是完全不同的异样气息，是白天她有意无意的一瞥或浅笑……

在这座钢筋水泥的掩体里，她，一朵蝴蝶样的柔软，掀起了大片喧哗，像石子落在水中，像一粒芽冲进了泥土。是她，悄悄把一味粉红色的迷幻埋进那些厚实的胸膛；是她，让每个喊着"报告"受令或完命而来的人，眼神里多了一番焰火般的急切搜索……

更是她，让一位受其目光送别的出征者，突然有了一份幸福的豪迈、一种惊人的战斗力、一股暗暗抱定的决心：一定把胜利带回！即使不能亲自，也要托别人捎给她……让她骄傲，或者怀念。

她安静的存在，对粗犷的生命们来说，是一种奇妙的从感官到精神的抚摩，一抹麝香般的温暖，一股芬芳与甘泉之饮……既暧昧，又纯粹。

她是大家的女神。"喀秋莎"女神！

一天黎明，不幸发生了——

当3个德军俘虏被押进隐蔽所时，"我突然看见，她，无线电报务员韦罗奇卡，慢慢地，被吓呆似的，一只手扶着炮弹箱，从电台旁站起……"当其中一个献媚似的冲她笑时，"她的脸猛一哆嗦，接着，她面色苍白，咬着嘴唇走向那个俘虏，仿佛在半昏迷的状态中，她侧身解开了腰间那支'瓦尔特'手枪的小皮套。"

一声闷响。惨叫。倒下。

"她全身颤抖……双手掐住喉咙，恨不得把自己掐死，歇斯底里地哭着，抽搐着，喊叫着，在地上打起滚来。"

作为侵略者，她清晰地认得他：该死的！一个被无情诅咒的家伙。而作为俘虏，一个无法再构成伤害的人，他却是陌生的。现在，这个陌生人遭到了袭击，即将死掉。

她骤然变了。

纤细变成了粗野，恬静变成了狂暴，小溪发作成了洪水……那枪声无情地洗劫了她的美,惊飞了她身上某种气质,也吓傻了所有对她的暗恋和憧憬。仿佛瓷瓶褪去了光芒,沦为了黯淡糙坯。

大家痛心地看到:一盏曾多么明澈的灯,正在被体内的浓烟吞噬。像一只昏迷的动物在自我肉搏。这绝非战斗,而是撕咬,是发泄,是报复。

她成了一个病人,让人怜悯的病人。她甚至有了一幅敌人的模样——那种凶悍的模样。

"此时此刻,这位苗条的、蓝眼睛的姑娘在我们面前完全成了另一副样子,这副样子无情地破坏了她以往的一种东西……从此,我们对她共同怀有的少年之恋,被一种嫌厌的怜悯情绪代替了。"

愤怒,像一股毒素,会顷刻间冲溃一个女人的仪容,会将光洁的脸孔拧出皱纹,让安然的额头失去端庄。

她不再是一个完美女人,不再是一名战士。战士是不会向一个手无寸铁者开枪的,她破坏了子弹的纪律,背叛了武器的纯洁性。现在,她只剩下了一种身份:复仇者。

无论再深刻的缘由,已无济于事。

"谁都不知道,1942年在哈尔科夫附近被敌人包围的时候,她曾被俘,4个德国兵强奸了她,粗暴地凌辱了她——然后侮辱性地给予自由。"

"她出于仇恨和复仇之心确信自己的行为是正义的,可是我们,在那场神圣的战争中问心无愧地拼杀过来的人,却不能原谅她。因为她向那个德国人开的一枪,击毙了自己的天真柔弱、温情和纯洁,而我们当时所需要的,正是这种理想的女人气质。"

2

理想的女人气质?

细腻、温润、母性、单纯、宁静、无辜、柔软……这是士兵邦达列夫的全部答案?

我想,不仅仅。它们仅是一种天然性征,一种哺乳气质,一种由生理焕发出的美德。这是日常和通俗意义上的气质,而非战争环境中最宝贵的气质。

1999年,当我翻开诗人叶夫图什科的一本书:《提前撰写的自传》,里面关于妇女的一件事突然唤醒了我——

1944年,母亲和我回到莫斯科。在那里,我才第一次有机会看到敌人。如果没记错的话,那是二万五千名德国俘虏,排成一长列,通过首都的街道。"

"俄罗斯妇女做着繁重的劳作,手都变了样,嘴唇上没有血色,瘦削的肩膀承担了战争的主要负担。这些德国人,很可能对她们每一个人都作下了孽,夺走了她们的父亲、丈夫、兄弟、儿子。妇女朝俘虏队走来的方向,怒目而视……走来的德国兵,又瘦又脏,满脸胡子,头上缠着沾血的绷带,有的拄着拐杖,有的靠在同伴肩上,都低垂着头。街上,死一般静。只听到鞋子和拐杖缓缓擦过路面的声音。

我看到一个穿俄式长靴的女人,拿手拍一下民兵的肩头:

"让我过去。"

这女人声音里含有点什么似的,民兵当命令一般让她过去了。她走进行列,从上衣袋里拿出一块用手帕仔细包好的黑面包,递给一个疲惫不堪的俘虏……这一下,其他女人都学她的样子,把面包、香烟掷给德国兵。

这些不再是敌人了,已经是人了。

人——诞生了。

她似乎在对那个满脸胡楂的男子说:活下去,但不要再杀人!

我突然明白了那些俄罗斯妇女心底的理由:比胜利更宝贵的,是和平！把一个敌人变成"人"，比打败一万个敌人更重要！

我猛然醒悟：和平，"和平气质"——不正是最美丽的女人气质吗？

其实，无论宁静、柔软、善良、慷慨，还是"无辜气质""哺乳气质"……它们都有一个更饱满更贴切的名字：和平。

比拼杀更耀眼的，是温存。比血腥更有力的，是芬芳。

显然，士兵邦达列夫所幻想的，正是这个。战争中最优雅的女人属性、最宝贵的女性品格，正是那种避开炮火磨损和仇恨侵蚀、不受血气浸泡——完好保留下来的人性芬芳：天然的"和平气质"！无数男人的英勇杀敌和血流成河，要换取的正是她。

保卫女人，更要保卫她们的和平气质。没有比看到女性身上的"和平"芳香不被涂改，更令战士鼓舞和欣慰的了。

这比杀死一百个敌人更像战士的成就。

而对女人自己来说，保卫身上的"和平"气质，比亲手扣动扳机更伟大。

2001年5月

生活在别处

> 忧郁的心,为何不肯安息,是什么刺得你双脚流血地奔逃。
> ——尼采《最孤独者》

长大

小时候,最让我激动的是那些"出远门"的书,那些海蜃般幻美却遥不可及的人和事。《海底两万里》《鲁滨逊漂流记》《格兰特船长的儿女们》……这在我的童年意境中犹如注射了一支红色吗啡,那亦真亦幻漂流瓶般的臆想,使我的心灵发育得扑朔迷离,多了一份恍惚、一份孤单和自恋,比周围的童年多出些歪歪扭扭的醉意来。

那个孩子常以主人公自居,遐想发生在自己身上的故事:像英雄船长的后裔那样在家族光辉中长大,直到某一天,母亲温柔而严肃地说,是时候了,孩子,像你的先辈那样去吧……那一刻终于到了,一个雾蒙蒙太阳尚未出世的清晨,海滩上站满了送行的人群,那情景略含咸苦却激荡人心,他一定被感动哭了,他在心里说:再见了亲人,等我踏浪归来……接下来,飓风、海盗、迷航、触礁、杀人鲸——都算不了什么,在一个孩子的头脑里,这算不了什么,仿佛那只是上帝的考验,是命运故意的设计(多少年后我发现,"理想必胜"——这个先入为主的信条对一个孩子来说影响多么大!它是上帝向一代代童年作出的最伟大承诺,正因冥冥中有了这样的保证,现实才变得可以忍受并前赴后继地寻梦下去)。

既然苦难的真实意图是为了"考验"——而非"毁灭",那么我绞尽脑汁地梦见种种遭遇便只是为了深深感动自己,多么矫情又纯洁的行径啊。

从这个意义上说,我得算一个优秀的孩子。我有一个盛满感动的童年。

如今的问题是,我是一个优秀的大人了吗?一个优秀的孩子注定会是一个优秀的男人吗?或者说,一部优秀的童年能延伸多长?

想想那些"出远门"的漂流梦,想想自己已沦至28岁的年龄,便觉得酸楚,觉得愧负童年太多。

"远方"是什么?它究竟在哪儿呢?

我至今蒙在鼓里。只隐约觉得它像一轮闪闪发光的幻体——一个充满神秘未知和无限可能的集合,一座永远也注不满的愿望容器。犹如地球人心目中的"飞碟",浑圆、博大、充盈、深邃、惊险,近在咫尺又遥不可及……它以拒绝抵达的姿态接受远眺,像蒙面女神那样只露一双明眸,吝啬而慷慨,冷漠又热烈。

但一个人的信仰,总和"远方"有关。

梭罗在《瓦尔登湖》里说:"我觉得一个人若生活得诚恳,他一定是生活在一个遥远的地方。"

我虔信不疑。同时我也知道,这"远方"一定是指"另一地方",是他在而非此在。可我又如何解释眼下生活呢?若说它不值得过和毫无价值,我岂非一直活在自己的监狱里了么?

我无言以对。《魔鬼辞典》对"成人"的注释是:一个愧对童年的堕落者。

人生就这样一步步自童年下放到今天:鸟从天空落到树上,又从树梢跌至地面,鸟沦为了鸡——梦褪变为生计,翅膀的意义竟被胃给消食了。

小小"出远门"的决心，一度蠹成我生命枪管上的准星，它瞄准了天涯海角和全世界……却又战战兢兢挪开了，这是枪之耻辱。其实，我多么祈愿它能不顾一切地搂响啊，哪怕是一记走火，让那枚沉抑已久的念头呼啸着冲出去，像婴儿逃离母腹，那哭声不也是新生么？

生活总千方百计让人相信：这就是生活！活着就是继续，就是重复……

究竟什么叫"好好活着"？

智者在云端哈哈大笑：

亲爱的兄弟，不要让生活太容易了啊，不要以为这就是生活！

不要以为你可以忘记——

童年、诺言和英雄船长的故事……

我惊恐地上下打量自己，就像小偷打量别人的钱包。

在路上

远方，真有那么大的美性，值得如此寄望么？

"是的，只剩下它了……只有远方，是唯一可去的地方。"一个暴风雨特别大的夜晚，那个人喝着烧酒，阴郁地盯着窗外，对我说。

"那棵树就要落光了。"顺着他的眼神，那棵树瑟瑟发抖，院里躺满叶子的尸体。

"它马上要成为木头了。"我一愣，随即明白了，是啊，丧失叶子的树还有资格叫树么？

雨更激烈了。朋友一声叹息，站起身。

他说："难道要等一切都落光吗？"

他终于摇摇头走了。丢掉公职和不移动的房子。

我不清楚我的朋友今在何处，亦猜不透他的"远方"究竟乃一地址，还是一记信仰、一项秘密事业……难道会是一个女人？

的确，没有比"远方"更富诱惑和悬念的了。它模糊又完美，优雅且险象环生。我也知道，一个在路上的人是不会丢失心灵和才华的。他不愁写不出诗。

我从不为这类朋友担心。他们比我有血性和主见，行动上远大于我。

我本质上属于那类文本式的诗人，而他们，却消灭了所有技巧、扔掉了所有纸和笔——靠行为表白生命和爱情。

正是这行为，养活了真正的诗歌精神。

为此，我将感激并努力地怀念他们。我将在教育孩子的时候深情地提到那一个个名字……

永远的纯真和生机勃勃。

今夜，在这座以物质命名的城市里，我在读你们的诗，抚摸你们当年的冲动和忧郁，因感动而泪湿双颊。

我用笔向你们年轻的额头致敬。你们。

流浪的经典

海明威在小说《乞力马扎罗的雪》中，以大理石般的平静说道——

"乞力马扎罗是一座海拔19710英尺的常年积雪的高山，据说它是非洲最高的山。在西高峰的近旁，有一具已风干的豹子的尸体。豹子到这样高寒的地方来寻找什么，没人有过解释。"

是啊，这匹遗世孤立的豹子因何而来？发现它的旅人又何以不辞劳苦来到这儿？什么念头使之放弃舒适——踏上这条惊险的旅程？

他们离自己的生存地盘和集体营地，都太远太远了。

这已非普通探险者的生命路线图，而是一种"出走"精神的象征。

没有辉煌，只有悲壮。

"出走"——可理解为一种形而上的精神叛逆——对惯常生活秩序和世俗定律的反抗或突围。像弹起暖瓶木塞的气浪，它为自己踢开一扇门，沉闷太久，压抑太深，它需要释放，需要狂奔和逃逸……流浪往往意味着孤独、劳累和种种不测，但也赢得了最大限的个体意识和精神自由。一股神秘的未知与陌生刺激着他、汹涌着他，久违的野性奔脱出惊人的生命劲道和灵魂张力……犹得神助，他焕发成一个新我，一个视野磅礴、拥有新状态新体验的自由之人。

19世纪末的一天，画家高更忍受不了欧洲的沉闷，向着茫茫大海进发了。表面上，此乃一次漫游式的视界移动，但其意义却是英雄式的：一个人与时代规定的生活相抗衡！正如诗人马拉美祝酒时所言："高更在才华横溢的时候到远方去，在异国及其本人身上寻找新的力量！"

这是一次寻求神谕和救赎的漂流，试图将新的启示和生命发现带回大陆。

高更登上了南太平洋深处一片陆地：塔希提岛。在那儿，静候他的是粗犷的海岬和原始地貌，云天渺渺，沧浪无极，触不到一丝现代气息，人与自然只有赤裸裸的对视，没有躲闪和回旋的余地。那是一座怎样难以名状的生命场啊——在巨大的苍茫面前，生命支点何在？一个人的内心会空荡到极限，精神变得无所依赖和投靠，像一颗离群的沙粒，他丧失了同伙，丧失了确认自我的坐标与经验，也褪去了文明人那种世故的成熟和狂妄，那狂妄正在欧洲的沙龙里横冲直撞。

多少个日日夜夜，浩之水撞击着这个没有屏障的灵魂，一次比一次凌厉，他的脑膜、耳鼓、心房，几要穿透，几被叩裂……文明的记忆篝烬般黯淡下去，代之的是婴儿对原始时空的惊骇、无助，对生命真相的迷惘和清醒……

终于，一道神谕般的画外音蓦然响起——

我们从哪里来？我们到哪里去？

一座蜃楼般的哲学金字塔，就这样矗立在烟波浩荡的南太平洋上。

没有答案。拷问本身已粉碎了所有答案，语言的寻找纯属徒劳。上帝铸造了这把锁，钥匙却化作一滴水坠入更大的水中。

这是高更献给20世纪最盛大最不祥的祭礼。这道隐含着人类身世和终极悬念的谶语,将被存在主义哲学和现代艺术一轮轮传抄下去。

当高更赤条条回到欧洲,它石破天惊地向人群敞示:生命本就没有家啊!一切皆自偶然,一切无法确认,无所来兮,无所去矣……颇似陈子昂当年的喟叹:"前不见古人,后不见来者。念天地之悠悠,独怆然而涕下。"人生的密密麻麻、浑噩与喧腾,不过虚妄一场;繁花乱锦、巷闾游戏,即使演得再逼真,到头来仍了无痕迹……这是何等的沮丧和疼痛啊。

从此,以神学和理性雄踞的欧洲将不再傲慢,将羞惭地耷下头去。

我突然领悟了一件事:何以那些对人类文化有过重大影响的精神事件多在流浪中产生?因为生命本质上即"流浪"啊。自由的精神只存在于自由的肉体,只有真正的旅人才能摆脱经验的遮蔽,更近地贴近生命,获得对自我和真相的实质性触摸。

失乐园

即使人类没有终极之家,但并不意味着人无法为自己筑一个心灵之巢,尤其那些极度敏感又严格生存的人。

诗人把梦中一次次潜入的彼岸,称作故乡——那永远躲在心里的"远处"。唯故乡才能予生命以最大的温藉、庇护,予个体以最大自由和任性。

叶赛宁称"我回到故乡即胜利"。这故乡非村庄地理,而是诗意的精神乐土,否则,这位俄罗斯自然之子,即无须借死亡返乡了。他拒绝交出幻想却交出了性命,是黯淡时代的天罗地网窒息了其轻盈的诗魂,纤弱的美学翅膀覆满了现实的泥沙和铅坠,终于在绝望的滑翔中筋疲力竭。

"我是浪子 / 我载着水浪的帽子 / 我载着漂泊的屋顶 / 我要还家 / 我要转回故乡,头上插满鲜花……"

公元 1989 年 3 月 26 日,诗人海子在服下几只透明的橘瓣后,横卧在山海关冰凉的铁轨上，睡着了。

仿佛一个优雅而残酷的仪式：在路上，在路上。那最后一个念头莫非诗中所唱：我要还家，我要转回故乡……

那丝缕不绝的乡愁领走了他？

海子和叶赛宁是极度相像的兄弟。俨然同一底片的重复显影，都那么青春、倔强，那么热爱乡村，那么忧郁和激动。

不该责备他们的轻生和精神洁癖。其实，他们爱世界已超过了爱自己，追求梦想已超过追求生计，精神遭遇已超过了肉体遭遇……其血液里奔跑着一股类似酒精的烈性，始终有勇气将惊险的念头抖落于现实——打破了虚与实、夜与昼、梦想与生存的界限。

他们最忠实地代表了时代的危机与挣扎，替一代人贮存了够用几辈子的心灵稻谷、美之甘露和梦幻之盐，并因此落落寡合、不合时宜。高尔基曾感叹叶赛宁：他来到这个世上真是太早了，或者说太晚了。

顾城是另一类极端的孤独者。我们会发现，用语言诠释他多么困难。

一个清洁得近乎神性的诗歌守墓人，一个自闭得近乎囚徒的梦游者，一个冷漠乖张的杀人犯……那原本美丽的乡愁，由于暴力事件的袭入而罩上一层荒谬的阴影。我们无力为其申辩，虽然这愿望是多么强烈。

一个曾多么让人喜爱的生命，他去了异国（仿佛自愿又仿佛被驱逐和绑架着），渴望在岛上耕种一块自己的童话：放牧养鸡种菜、采集木耳松果……在工业主义的今天，这小小的申请真是太乌托邦了。

他走得太远了，像一个贪玩的误入森林的孩子，他乐坏了，忙坏了也累坏了，终于在潮湿的丛林里迷了向。夕阳隐落，光线愈来愈暗，恐惧随夜霾一齐降临，湮没了他细弱的叫喊。

像一架失事的纸飞机，它不该飞，否则就掉不进沼泽。却不会不飞，否则就配不上那双翅膀。

他对不住妻子。同时，这世界亦有对不住他的地方。一个露珠般的生命如何升起血腥的念头？一个见落花都要流泪的穿大号童装的孩子，怎搬得起斧头？

一个害怕人群和社会的小动物。他辛辛苦苦吐出美丽而透明的丝，却将自己给堵在了里面。他无法冲出，只有和灵魂一起飞走。

这就是顾城。戴牧羊帽的缪斯童子。

诗歌不能没有家，顾城的童话王国便是其不顾一切要保护的家当，当眼睁睁看着它即要被情人弃绝、被现实颠覆……他急疯了，发狂了，爱情昏迷成了毒药。他以杀人的方式完成了自杀，天使与魔鬼一起来抢夺这个不能自持的生命。

结局叫人沉默。对此，他或许是有预感的，在那首叫《墓床》的诗中，已隐约透露出某种约定——

> 我知道永逝降临并不悲伤
> 松林中安放着我的愿望
> 下边有海，远看像水池
> 一点点跟随我的是下午的阳光
> ……
> 人时已尽，人世很长
> 我在中间应当休息
> 走过的人说树枝低了
> 走过的人说树枝在长

无论怎样的聒噪，诗人都已不再理睬，他在年轻的松林里永远休息了。

安静吧。让安静的青草和泥土，敷住一切伤口和嘴巴。

于生于死，安静都是一种美德。

诗意地栖居

荷尔德林说：人，诗意地栖居在大地上。（是"大地"而非"大街"）

这诗意很大程度上有赖于行为的自由奔放、灵魂的舒适、自我的确认、精神的纯粹和辽阔……它使生命呈现一种有乐感的流动或飘扬，像林风、瀑布，像河流和鸟的飞翔。这与肉体的安逸无关，甚至背反，因为与安逸伴生的常常是慵倦和歇止，意味着生命被豢养、灵魂被怠慢，意味着激情与灵性的丧失，如同缸里的水和鱼——等待它的是陈腐。

从活动空间上看，这诗意还多表现为与城市的疏远——和自然之亲近。杜甫草堂、陶公柴舍、东坡西子、都德的磨坊、华兹华斯的木屋、梭罗的瓦尔登湖、约翰·施特劳斯的森林……都是典型的诗意之居。这些从庙堂或沙龙退出的名士们，拖着疲惫的身躯，在某片袤野间搭木结绳，逐水草而居……那原本狂躁的政治理想和名利欲望，一下子变得温润、安谧，像含饴的婴儿。那薄细如瓷的艺术心灵，在大自然的体贴下，也日渐饱盈，焕发出曼妙的光泽……在这儿，他们迎来了最唯美的人生蜜月。

这种离群索居的隐，喻示着对主流社会和主流价值的叛离：从中心走向边缘，从拥挤走向孤独，从集体走向自我，从杂芜走向纯粹……

然而，藉此便高枕无忧了吗？

这毕竟还算不上本体意义上的"家"和精神宿地（仅仅在感官体验和风物气象上酷似而已，充其量乃一临时避难所），在心灵寂静的背后，依然可找到隐约的空虚和感伤，那淡淡的乡愁仍在——像一记小小的蚊叮，不时让主人从梦中惊醒，辗转反侧。

乡关何处？家园何在？

那漂泊的精神需要一个更大的场来承纳。一座山林一片湖塘显然太狭仄了些，清淡寡欲的野菜日子固然迎合一时的落魄情怀，但新鲜劲一过，寂寞和厌倦便油然而生。也不难看出，士子中的多数正是在时遇不济的景况下——为"避"而非"求"才寄身于此的，乃"颓"之倚而非"志"所向。

事实上，士子们即使与竹林拥衾而卧，也免不了"大道如青天，我独不得出"之自哀。经国大业乃天下第一要事，几拎山色湖光就想留客长宿也太难了。

我以为，诗意的第一要义即自由——精神自知自足，内心不挣扎不焦虑，不东张西望，没有被捆缚和憋屈的感觉。而在古今隐士身上，我总觉那诗意是打了折的，浓度不足。

徐霞客、张岱、李渔、陆龟蒙、皮日休等人倒让我另眼相看，那份"朝碧海而暮苍梧"的行者豪迈，那种"茶淫橘虐""书蠹诗魔"的人生坦荡，都让我隐隐动容。其生涯有共同特质：一生沉于迷恋之物，如痴如醉，不哀不怨，天真到老……在其身上，你感受不到分裂、紧张和焦灼，那股静气与定力，不是装出来的，甚至不是学习来的，而是气质和性情使然，源于生命本色和欲罢不能，乃性所养而非势所驱。

"人生天地间，忽如远行客。"生命不就是一次长长的出远门么？功名利禄不过浮世尘埃，弄一身脏又有什么意思呢？

午夜狂奔

走向远方吧，你的生命不在这儿。

在每一个写诗或不写诗的"诗人"心里，几乎都可找到这个激动的念头。有时候，它来得那样猝然、猛烈，像一场危及生命的"疟疾"。

对生存现状的强烈憎恶、对辽阔未知的巨大渴望，冲击着他的精神堤坝，逼其作出抉择，做出一生中最重大的动作。

再不能犹豫下去了，再不能失掉可能永远失掉的机会了——

1910 年 10 月的一个夜，风烛残年的托尔斯泰，乘一辆马车悄悄离开了庄园，朝茫茫地平线驶去……他并不清醒将去哪里，只揣着一个空洞的愿望：去别处！他用衰弱却不容置疑的声音催促车夫：快，随便去哪里，摆脱这儿！摆脱！

什么样的恐惧使老人如此荒不择路？什么样的启示让他大梦初醒、挣扎着去追那个几乎追不上的光点……"逃亡"和"奔赴"竟如此模糊地纠缠一起。

一匹追赶和被追赶的马。一个决心与旧生活决裂的老翁。像一片疯狂的树叶，擅自溜下了一生的枝头，离开家却去寻找家。

以那个大家族的目光看来，这无疑是背叛。他要的正是背叛。

半个月后，在一间简陋的车站，老人因肺病辞世。

他终于没能走出太远，却兑现了那个长久以来的暗愿：到远方去！他拼尽最后气力做了一生最想做而一直不敢做的事。

一个落日般悲怆而辉煌的句号。

"烈火般的风暴在临终时骤然旋转，他要创造生命而不仅仅是重复生命。"罗曼·罗兰这样评价。

橄榄树

忘了何时何地听过那首从海岛飘来的《橄榄树》——

"不要问我从哪里来 / 我的故乡在远方 / 为什么流浪……为了天空飞翔的小鸟 / 为了山间清澈的小溪 / 为了宽阔的草原……流浪远方……"

我想当时自己一定被深深感动了，否则不会把它抄在小本子上。多年后，它居然还留着。

怀念源于逝去。这是一首悼词。尽管她美丽异常。

从何时起，我们成了自己的垃圾场？故园何处？谁毁坏了我们赖以生存的田亩？幸福是什么？梦想在哪？

  只有天真未凿的远方，只有生息着羊群、草原、流云、飞鸟的远方，才是唯一值得去的地方；只有双脚不停地流浪，才能一步步靠近心中故乡……

  我想起英国诗人库柏的话："上帝创造了乡村，而人类创造了城市。"

  还有谁好像说过："乡村有一副灵魂，而城市只有一副面孔。"

  我开始怀念乡村，并陷入无望的忧伤。

  "现代化"缔造了千篇一律的都市，到处是刺眼的玻璃幕墙和钢筋水泥，到处是人的碰撞、推搡、挤压和叫嚷……全是交易，全是有形无形的柜台和兑换，每根神经上都叮满了事务争斗与利益的鸟粪……生活就像一只团团转的发条玩具，脾气越来越坏，簧片越拧越紧，脚爪越忙越乱……人生太忙了，忙得忘了为何生活，忘了生命的真相和细节，一切被偷梁换柱、移花接木。

  草原失去了植被，身体失去了心灵。这分明不是我们渴望的那种生活，却又束手无策，还得一溜小跑追上去，否则连杯冷羹都分不到了。

  惊人的——可怕的——相似的——生活。

  我们成了我们自己的垃圾，自己的垃圾场。

  现代社会最大的特征是：让贪婪成为石油，让饥饿成为粮仓；给挥霍者颁发奖状和权力，刺激、刺激、再刺激——口红刺激嘴唇，香水刺激欲望，悬赏刺激胆量，隐私刺激听力，利润刺激金钱……人们比何时都更接受"物质决定意识"的哲学。肉体和精神，俨然同父异母的两个孩子，一个锦衣玉食、脑满肠肥，一个饥肠辘辘、衣不蔽体……可悲的是，骄横的父亲压根就不认那个可怜的弃儿。

  年代变了，变得飞扬跋扈。

  生命变了，变得没有灵魂。

古典主义、英雄主义、浪漫主义、理想主义、唯美主义、君子主义……皆不见了。剩下的是物质主义、权力主义、恶奴主义、泼痞主义、噤声主义、谄媚主义、"人生得意须尽欢"主义……

这是一个最缺乏诗意和理想根基的糨糊年代。

现代诉讼

1

近来有本书成了炙手货。

一本遗书。

余纯顺徒步独闯西域,终于倒毙在罗布泊无人区。他使我想起了海明威那只被冻僵的豹子。

放弃现代车马,孑然一身,向着茫茫空旷,像一根坚硬的楔子……这究竟要表达一种怎样极端的意志和信念?

我想世人对余纯顺是有误解的。出版商和猎奇者把其行为同"登珠峰""征南极"混为一族,无疑是糟蹋东西。

我始终觉得,余纯顺乃一位纯粹的理想者,更是诗人气质的生命践行者。他的远行,实际上是刻意出走,呈示着对现代生态圈、对都市流行价值的反驳与疏离,他为生命选择的沿途是荒凉和寂静的空场,这多少像是一种"纠正"——用行为(而非理论或宣言)反击那些由城市欲望所导演的噪音与图像。

为着梦。为着冲动和尊严。

这实在算不上什么伟大探险,所谓"人定胜天"纯属荒谬。余纯顺虽不乏坚韧和自信,但其姿态绝非狂徒式的挑衅,不是那种居高临下对自然的轻慢。他要做的不是什么征服,恰恰相反,是朝圣,是投奔和皈依,是对大自然最虔敬的朝圣。这与那些功利的征服表演判然有别,若哗众取宠,那完全用不着拿生命去赴约,凭偷工减料的技巧就够了。

大漠孤烟,空谷足音……完完全全看不到技巧。

一个黑点,一匹从世俗生态的围栏里逃出来的骆驼,像一滴纯净的水珠,冒着被吸干的危险,挪动着、跳跃着、闪烁着——这仿佛一个神性的仪式,一次挺举着火炬般优美脊梁的朝圣。

他填充了一处空白,又留下了更大空白和遗址。

伊达·那慕尔说:我将穿越,但永远不会抵达。

2

不久前,我从一本文化杂志上看到:一名叫谢德庆的行为艺术家,台湾人,现"非法"羁留美国(据称,"非法"亦其另一项艺术行为),1981年至1982年,他做了一桩惊人的生存试验,一年内,他拒绝进入任何有遮蔽物的场所,包括房舍、地下通道、洞穴、帐篷、车辆等,风餐露宿,踯躅纽约街头……

开始我不以为然,觉得无非又是黑色幽默,又恐自己的严肃落入骗子之手,反被同情一把。后来想着想着,便觉不是那么回事,事情没那么简单。

它究竟传达了哪些信息呢?

首先,它提出了对"家"的质疑。

谢氏行为最显著的即拒入所有与"房"有染的物质壳体。一般说,在世俗心态中,"家"之概念和其物质载体"住宅"(邮编、街道、单元、户型、面积等)几乎画上了等号。"人—宅—址",这种契约关系早就被几千年的定居文化给注册了,尤其在现代严格的生存秩序下,更是昭然。若谢氏充分觉出了这一点,那么,他对"房"的拒绝也就演绎成了对世俗之"家"的摒弃。或者说,他压根就不承认那个地理和物质属性的"家",那个人云亦云的"家"。他的潜台词是:无家可归。

他的露天流浪又为何呢？若非无聊的话，其出路只有一个：寻找真正心灵意义的家！我想，谢氏的行为指向恐怕在这儿。

当然，栖居方式只是他首当其冲的靶环而已，推而广之，使其厌倦和无法忍受的则是整个现代生存体系和价值樊笼……从这个意义上说，谢氏是一个敢于对周围说不——敢于精神造反、敢于破坏社会纪律和集体规约的叛逆者。

可以想见，其行为本身不会有什么结果，而且他最终也要回到原先的笼子（房子）里去，重复和常人一样的生活。重要的是他提出了一项诉讼，尽管作为原告，他提供的证据似乎还不够，还无法令人信服，还不足以支持开庭。

其次，它还苟意贬谪了肉体的地位。

现代生活的主特征之一，即强调感官和物欲，不择手段地迎合肉体之需，挖掘肉体潜力，而精神与心灵却遭冷落和放逐……若没有猜错，谢德庆的行为恰恰发轫于此，他要借惩诫肉体——为倍遭虐待的心灵讨回公道！以抗议"物"对人的统治和占有（比如房子对人生的剥削和占有）！他在表现一种忏悔的力量与决心——让我做给你看，昏庸的享乐者们！

他扮演了一个受难者和自虐者的角色。既偏执又光荣。

他是阴郁的，也是热烈的。他身上有股生命的火药味。

3

如果说，余纯顺的苦旅，更着意渲染了"人—自然"的美学关系，还尽可能地显现一种暖色追求和骑士理想，那么，谢德庆的行为则尖刻地讽刺了"物"对人的统治，露出一种冷调的绝望和乞丐的诅咒。

前者不乏明亮的抒情，后者带有发泄、颠覆的迹象（令人想到波德莱尔的"毒花"及萨特的"厌恶"）。

他们都借流浪表达了某种抗争，一种吉卜赛式的边走边唱，都在用一个迷惘而苦执的声音究问：

家园何处，乡关何处……

1996 年 12 月

当死亡被模拟

1

那是怎样的瞬间?

死神的谶符突然跃出了地面,犹若一抹惨白的闪电,照得生灵呆滞无言,一秒、两秒……大地又安泰如初。

一个灿烂的秋日,空气中微凉有棱。

9点钟,铃声响过,我刚离了教室,一个影子颤颤跟上来,"老师……"她欲言又止,一脸的激动与惶恐。"您没觉得,地,地在晃?"我皱眉,茫然地盯着这个奇怪的女生,她耷下头,满脸通红,急急逃跑了。

穿过楼下草坪,我看见鸟儿嬉戏,马蜂追着花朵,紫槿懒懒地吐着红粉……

我没觉得什么"地在晃"。40分钟,我一直站着滔滔不绝,加上熬夜的后遗症,神志恍惚,哪顾得上什么脚底。

午饭时,一条爆炸性新闻从当地电台冲了出来:今日8时40分,本市发生里氏3.2级地震,震中位于50公里外的A县。

天哪,地——在晃!我仿佛挨了一闷棍。

如果,不是3.2,而是……想起1976年的唐山、前不久的日本神户……想不下去了。

释迦牟尼有一日问众人：生命迅忽到何等地步？

一名弟子道：生命在呼吸之间。

是啊，这就是生命的最大真相。

我欣赏那些生命印象清晰、知觉敏细，又敢于对"安全日子"提出质疑的人。比如那个怯怯地称"地在晃"的女生——她肯定觉得有责任向老师汇报该异常，想到她我便觉得愧疚。想想吧，当时她坐在教室里，突然，脚底颤了一下，又一下……她微微扭头看别人，渴望有人响应，盼着能从伙伴那儿得到点什么。（要知道，她只是从地理课上听说过"地震"，1976年唐山罹难时她还未出生呢）突然脚下又猛烈一颤，一股莫名的恐惧疾电般咬住其神经，她差点要尖叫了，急急掩住口，像《侏罗纪公园》里遭遇恐龙那样。

那是怎样招人怜爱的情景啊，一个孩子，脸色苍白，她不敢断定发生了什么，只隐隐感到身边潜伏着一头怪兽，生活正面临某种凶险……除了惊骇，还有孤独，她要靠自身的意志对抗那莫名恐惧，在那间课堂上，没人能帮她，没人和她在一起。还有自卑，当一份特殊体验得不到承认和支援时，她会沦为大家眼里的荒谬，沦为畸零和异数。在惊诧与怪罪的目光下，她将羞惭地低下头……而我，一个为其信赖的成年人，一个她本想求证和求助之人，又回馈了她什么呢？这个人的麻木和不耐烦曾怎样伤害过她！

2

关于地震的猜测沸沸扬扬，有人发现井水变浑、老鼠搬家，有人目睹大群蛤蟆拥上公路……人们如临大敌，生活像被什么猛然一推，趔趄起来。

平庸的城市被恐怖气氛和种种传闻充斥着，体积一下子变大了。

接下的几周里，我发现市民生活有了诸多反常：走路、骑车、踩楼梯、拿东西，人们都变得小心翼翼、轻手轻脚，生怕惊动或冒犯什么似的；许多行业的服务心不在焉，差错不断；商厦、餐厅、影院冷冷清清，楼层越高生意越淡，有的干脆歇了业；相反，大排档、冷饮摊、露天夜市、路边台球和烧烤，皆火爆得不得了；大家的作息也变了，睡得晚、起得早，甚至取消了午休；中小学也调了课程，增加了体育课时和室外活动。

户外一下子冒出那么多人，城市突然拥挤起来。熟人的见面机会大大增加，走在街上，你随时可能撞上一个消失多年的人。

夜总会、洗浴城几乎全关门。街边那些叫"梦露""小芳""火玫瑰"的洗头房，也成了真正的空房，平时浓妆艳抹的女孩们，如今素面朝天、神情忧郁，坐在店门口发呆。

当然，意想不到的好事也来了：天蓝了许多，通透了许多，流贯全城的老运河清了许多，呛鼻的腐酸味闻不到了。原因是：十几家化工厂、味精厂、纸浆厂临时停业，给职工暂放假。据说上次地震时，这些企业皆无觉察，让人后怕。

还有更令人鼓舞的：地震以来，本城一向不良的社会风气陡然好转，盗窃、抢劫、斗殴、赌博皆大大减少，"110"出警率降到了历史最低点；过去，我楼下的自行车几乎每周失踪一辆，现在连锁都不用上了；人们之间突然文明起来，菜市场的吵骂不见了，连讨价还价都少了；在单位，上司和颜悦色，同事彬彬有礼；街坊邻居也空前团结，鸡毛蒜皮无人计较，彼此见了嘘寒问暖，车子歪了有人正，孩子摔了有人扶，当你背煤气罐爬楼时，总有只手悄悄送你一程……总之，大家都像换了个人，生活成了另一个样子。

真是旧貌变新颜——换了人间啊！

我忖思，莫非正应了"人之将亡，其言也善"？

人或许就这德行，当生活庸常平淡时，内心即生出许多乌七八糟的玩意儿，比如蝇头小利、功名虚荣、尔虞我诈、明争暗斗、男盗女娼之类，而一旦突降一件惊天动地、和每个人生死攸关——尤其"机会"均等的大事时，情势即变了：在这样的大危机——足以将生活毁于一旦、将财富和地位洗劫一空的大难前，旧有的生存秩序、契约和规则都将失效，那些曾被趋之若鹜、争得头破血流的东西，将统统作废，一文不值。

皮之不存，毛将焉附？命之不保，物又何益？尤其地震这样的大难，人的干预能力几乎为零，在生死一事上，可谓绝对平等：机会平等，处境平等，遭遇平等，无论你财力、权能、名气有多大，都无法改变这残酷而原始的平等。在这点上，地震迥异于旱荒洪涝。

休戚与共的命运降临了。灾难笼罩着生活，威慑着人心，也凝聚着人心。或许大敌当前，有着共同的害怕和脆弱罢，大家不自觉地往一块凑，就像企鹅因怯冷而紧紧偎依。人际关系中突然注入一种新型而神圣的共性：命运一致！恐惧一致！愿望一致！祈祷一致！除了"活着"，还有什么更大的事要做呢？竞争被取消了，敌视被取消了，隶属被取消了，你多我寡的利益博弈被取消了；"共患难"的平等，成了社会关系和解的密码，迅速实现了人与人的亲密与融合……总之，危机赢得了人对大自然的敬畏、对生命的自怜，这情绪很快分解出人对所有同类的悲悯和重视，同情心诞生了，爱心诞生了，一个"同病相怜""惺惺相惜"的共同体诞生了。

3

然好景不长，冉冉升起的新生态、新文明、新气象，仅飘扬了两个月就破产了。由国家、省市地震局组成的调查组，经探测论证，宣布该地区无发生危害性大震的可能。

生活又回来了，丢失的东西欢呼着回来了。

那天夜里，城里响起了激动的鞭炮，公园湖上燃放起烟花，有关部门也懒得制止。据说，当晚有10万人通宵达旦地以各种方式狂欢，饮酒、搓麻、卡拉OK、做爱……无数人失眠了。

接下来——

时间在继续，平庸而安全的生活在继续。日子重复日子，习惯重复习惯，人重复人。一切原路返回，像什么都未曾发生，像演了一场"狼来了"的闹剧。

对照以往的生活，人们急急地校对，重操旧业，调生物钟，恢复角色和逻辑，还原经验和心理，按班就部续上日子，续上一度中断的分房、评职、晋升……一切像断肢一样，忙于归位，忙于"恢复性训练"：行贿受贿、营私舞弊、阿谀奉承、诽谤损贬、明争暗斗——重新启动，人在旧秩序里再次就职。有人甚至为一度反常的道德表现而自嘲，觉得难为情，不仅如此，他们还开始报复，报复遭受的那场虚惊和"精神损失"：官老爷和大款们抖起更大威风，更大汗淋漓地挥金如土；酒楼歌肆加班加点、通宵营业，新上岗的小姐以更浓的口红描画姿色；菜市场又撕扯不断、骂声不绝；楼下的自行车又开始疯狂失窃，加倍失窃……

一切一切，意图很明显：为了和过去一模一样！

一点没变。仿佛一条迷路的狗，重又趴回了老窝。

我为自己的城市感到悲哀。

大地算是白白折腾了一场。灵魂也白白虚痛了一回。70个日日夜夜，竹篮打水，白忙乎了。

我想，生活、社会、历史、习俗、伦理……或许从来即如今天这般罢，即使有变的瞬间，但开头和结尾是不会变的。人或许有过激动和纯真的表现，末了却当作失态，仿佛受辱般矢口否认。

像一枚不幸露馅的饺子，食客们总要及时将之缝好、捏严、掐死。

饺子最讲究水泄不通。

水饺状的生活向来害怕"震动"，尤其精神和灵魂上，万一发生了，也要打扫干净，不留痕迹。

1998年

最后时分

报上见一则外国小幽默：

某天，人们正在大街上走，突然，广播里传出一消息：地球将在5分钟后与某行星相撞。大家惊呆了，随即，纷纷跑向附近的电话亭排队，不约而同对着话筒说："亲爱的，知道我有多爱你……"

这样的幽默并不轻松。

我不觉得它有何可笑。相反，在我眼里，那是个可敬的举止，有一股悲壮的生命美学意味。数年后，当我坐在影院里看《泰坦尼克号》，看到甲板上男人与女人的永诀和最后回首，我又想起了这故事，它们在危机模式、情感原理和行为抉择上，竟如此相似。

我在想，电线的另端连着谁呢？恋人？情人？妻子或丈夫？暗恋一生竟从未表白的某个人？不管怎么说，一定是生命中最重要的另一半。

此刻，一切无须遮拦，一切将趋于零。在没有未来时日可供消费的前提下，任何经验、顾虑、得失、伪装、面具……都失去了意义，只剩最后的赤裸和诚实。

"爱"，一滴最高浓度的酒，一记汁液甜美和体温滚烫的词，一个最贴近肌肤和心灵的动作。若人生只说一句话，就是它了。若人生只干一件事，就是它了。生命最本源的含义、最永恒的向度，都指向它。没有它，人将寂寞至死、干燥至死、空洞至死。

爱，无法战胜死，但可抵消死。其他人间事务，政治、经济、伦理、荣辱、竞争、业绩、财产，只有当人无毁灭之虞，在稳定的生存框架和日常秩序下，它们才有日常价值，才显得有声有色、神采奕奕——否则，一切将烟消云散，化为乌有。

我想，换了我，换了我走在那条大街上，那个词，那颗樱桃般的"爱"，也一定会从我苍白的嘴唇里飘出来。

其实，这故事给庸常状态的人出了道难题，一道挑衅题：若你的生命只剩下最后一刻，你用它做何？什么才是你认为最重要、最刻不容缓和必须完成的——唯此才了无遗憾？

当我们尚感未来遥远、日子充沛时，常溺于一种无忧的懈怠：对一切都不警觉、不在乎，对人生的重大任务毫不敏感，对心灵的使命一误再误。在我们的知觉中，似乎没什么是必须说和马上做的，于是岁月和精力一点点、一天天被蚕食，被慢腾腾蒸发掉……这情形有点像那个古老实验：将青蛙放冷水里，然后徐徐加热，青蛙将在不知不觉中死去，没有挣扎。

但此刻不同了。你的日历从厚厚一本减至为零。

纵然平时你有种种借口劝自己不要这样那样，有一万条理由为违心混日子而开脱，但此时一个也不需了，无须任何怯懦、权衡和作难了。你唯一要的即真实，奋然不顾的真实，让灵魂恢复它的真相和本来面目。

你可以斗胆野上一回、疯上一回、肆无忌惮一回。

这是生命最后的节日、最高的沸点、最后的愚人节和狂欢节。

灵魂一下子显形了，自由了。理智露出了最深情的"破绽"——就像枝头上的花苞，有了这破绽，鲜艳才得以吐放。

爱是事业，是人生最大的成绩和宣言。

爱是灵魂的身份证。临终时，你一定要不知羞耻地将它掏出来——

你要亮给你思念的人看。

然后，请微笑。

1998 年

塔与坟

祖宗留下的建筑，最好的要属塔了。

西方有教堂隆顶，东方有淡淡的塔影。二者皆指向高阔，皆与缥缈的灵魂有关……这是大地上最美的形体之一。

一般说，有庙的地方即有塔。我厌恶庙，却热爱塔。在我眼里，庙是病态、阴郁、萎靡、虚构的，显得造作而矫情。而塔疏朗、健正、嘹亮、挺拔，有沉静和生长的气象。

而且，它埋藏深沉的根。

抛开宗教寓意不谈，我以为传统建筑之林中，塔最健康、最豪迈、最端庄，最具清明和抖擞之感。注视塔，不仅是视觉享受，也是灵魂滋养和精神审美。

塔的气质各不同，或祥和、太平，或峻急、忧愤，或淡泊、隐逸，或刚毅、坚忍。但无论怎样，不变的是一种"矗"，一种垂直的定力，一种清洁的风骨，一种不群的境界。像一把剑，它远离江湖，却洞悉风雨，聆听沧桑。像一面旗，飘扬而不跪伏，沉默却不袖手，它对着天地苍茫说"是"或"不"。

塔和塔从不重复，相互独立，彼此遥望。它拒绝雷同，拒绝攀附和结党。

塔是一种海拔，一种对清高的纪念。

塔，使你必须仰望它。

每遇一座古老且寂静的塔，总肃然起敬。

塔的姿势最像人：活着，站着，守着。

塔的背景，以远山、薄雾、松林、青竹、钟声为佳。其所在未必毓秀绮丽，但须气正、开阔、坦荡。塔不容忍狭仄和龌龊，多年来，我得出如是印象：一个不善待塔的时代，必世俗险恶、政治污秽；一个留不住塔的地方，必民风歪斜、水土拙劣。

尤爱野塔，民间的布衣塔，未受册封、未被镀金的荒野之塔。

具体说，我偏爱砖木灰石的素塔，不喜铁塔或琉璃塔。前者自然、含蓄、朴实，像土里长出的笋，有温度、呼吸和毛孔，更像一种精神材料砌成，有"天行健，君子自强不息"之象。后者华服雕饰，却像棺材，像囚室，像水泄不通的龛笼，捆着一团死气和谥号。

无塔的版图不值一看。无塔的山水不配留恋。

望塔，总有一种隐隐的痛，一股淡淡忧伤与凄凉。

它是裸的，赤手空拳，形影相吊，宿于荒郊野岭。

塔是负伤最多的建筑，高度亦是靶子，独立即成钉子，遭忌恨和敌视最深。风雨既淬之，又育之、沐之。世间的野塔，皆憔悴，往往瘦得只剩一把骨头。但瘦得直，瘦得硬，瘦得干净。

塔就是塔，和信仰一样，它极不实用，既不适于居住，也不适于仓储。孤孤单单、高高瘦瘦的塔，是为最不谋利的人而立的。

世上最悲的事，莫过于塔的倒掉。

塔毁于虫蠹，毁于雷电，毁于战火。可这都不足致它精神上的死。

塔死于漠视，死于寂寥，死于诽谤，死于群氓践踏，死于日落后无际的黑……

中国本来就少塔的地基、塔的材料、塔的空间和图纸。塔一样独行的荷载之士，则更鲜见了。我一直相信，塔是人的背影，信仰走过的地方才冒出塔。而一个遍布塔的时代，必是理想风起云涌的时代，必是精神高寒、人格峭拔、灵魂嘶昂的时代。

如今，真正的塔已难觅，只剩稀疏的塔影了。

遇见过很多攀塔者，他们和塔并无缘分，纷杂的一顿脚踩和推搡，胡乱的一阵吆喝与折腾，并非仰慕和祭拜，而是为了居高临下。

想想也是，当今之人，只配和塔合影了。

将自个的矮小掩在斑驳的塔影里，也罢。

现代中国，再不是一个造塔的年代。连尚塔者也寥寥。

我以为，塔的故事到五四那一代也就到头了。鲁迅们的倒下，即意味着"塔时代"的结束。塔之遭遇实为人之遭遇，塔被毁、被焚、被扒，人挨整、挨揪、挨斗——形影相伴，一式两份。

风雨寂苦，塔也寂苦。庙的命运比塔要好，性情似庙者也更易安生。

现代人只会仿造各种庙坛和圣殿了。

想想鲁迅那一拨人和身后的凄清，就不禁怀念起中国的塔。所谓"中国的脊梁"，也就是它了。

总爱在风雨之日去野外访塔。寻它支离破碎的瓦砾，祭它的灵，祭乱草中的魂。我是中国人的儿子，我爱中国的塔，哪怕它的坟。

1996 年 8 月

影子的道路

"就在这样一个时刻,行人稀疏的街道,出现了一个奇怪的影子。他头上举着一支小火炬,在每盏路灯下停一下,引燃灯油,随即又像影子一样消失。"

读普鲁斯的《影子》,我总久久陷入一股虔敬、哽咽的圣徒情绪中。他用缓慢的牺牲的语调讲述了一则寓言——关于"国家街道"和一个迅速生活过的"点灯人"的故事。我读它的第一感觉是:那些文字刚流出来就凝固了,像橡树的伤口裸露在冬天里……

那背景是巨幅的,无声,苍凉,岁月的沙丘向远移动……天穹像旧时代的海盗旗,有着猩红的暮色和盐的咸味,犹如沉船上捞起的囚衣——这类幕景适于排演早些时候,比如蒙昧时代或中世纪宗教剧的章节,而普鲁斯却把它献给了自己的19世纪。

夜霾低回。月光,像猪尾巴弯向大地。如果说腐烂能让什么肥沃的话,那就是它了:昏迷的大地。

隐约的地平线上,立着几棵獠牙树、仙人掌和向日葵。它们是罪恶、绝望、富庶、理想——飞沙走石与欣欣向荣的遗迹。

之后,一个国家的王城开始浮现。

逶迤的街道,看上去像被遗弃的盲肠,空洞又愚蠢。正值饭后时分,散步的人突然冒了出来,情侣、乞丐、马车夫、公务员、女眷、密探模样的人……稀稀拉拉,像烂土豆泌出的芽粒,然而很快你会发现，他们身体里装的不是"散步"，而是紧张、迷乱、狂躁、焦虑、恍惚、恐惧之类的玩意儿。

有路灯。但全无亮色。原来这也是假的，那路灯只不过是一些柱子，冰凉的摆设，"光荣"和"盛世"的假象。正如那些散步者，他们只把"散步"像假肢一样绑在腿上，胡乱地抖动而已——以显示日子的悠闲、美好和太平。

这个国家需要阴霾和沉沉的酣睡。需要路灯，但不需要灯光。

光，会让人不甘于沉眠。

月亮遁入了云层，他们开始急急逃回家。抵紧房门、挡板，将窗户裹严，窸窸窣窣，像鼠类那样过一丁点可怜的私生活。

这时候——

一个神秘的影子闪了出来。一个幽灵。一个随时处于危险中的叛逆。他要做对夜晚最具威胁的事：把路灯点燃！

点灯。为此降临、生活和死去。临行前，他向神请求火种，回答是：没有可拿在手上的东西，火种就在一个人的体内，必要时，请把你的肋骨拆下，用它去引着灯油……

于是他赤条条来了，寻着可以刺杀的暗夜。但没有被赋予任何多余的东西，没有铁器和用以搏斗的实物，除了随身的少量肋骨。

如果不能永远生活，那就迅速地生活。

这个黑暗的敌人，这个为播光而必须减寿的孤独者，在市民集体酣睡时，在空荡的国家街巷中，在积雪和枯枝的路面上，踽踽而行……无人知晓他是谁，他的来历和任务。

那些紧闭的窗户，那些冷不丁瞅见他的人，只把他当作流浪的瞎子，不畏寒的乞丐。

就这样夜复一夜，肋骨一寸寸减少。

终于有一天，在往常那个时刻，激动人心的影子迟迟没露面，街道仍是死寂和阒黑……

究竟发生了什么？

普鲁斯决心去找他，弄清他的住址和生活，并致以敬意和答谢。因为他确信，这不仅是个影子，还应是个具体的名字，一个和大伙一样的人。

终于，普鲁斯找到了，实际上并没找到。

因为，那人死了。

他已被下葬到一群不知名的穷人中间去了。

"昨天才下葬的。"房东正色道。

"点灯人？谁知道他埋在了哪儿？昨天就埋了 30 个死人。"掘墓人不耐地说。

"不过，他是埋在最穷的人那个区域。"泪流满面的普鲁斯提醒他。

"这样的穷人昨天就埋了 25 个。"掘墓人的语调听起来比墓穴里的铁铲还要冷。

"要知道，他的棺材没上漆。"

"这样的棺材昨天就来了 16 副。"掘墓人头也不抬地继续挖土。

就这样，普鲁斯只知他是个穷人，一个替穷人做事的影子，最默默无闻者中的某一个——某个肋骨不全者。

最后，普鲁斯以怀念亲人的语气凄叹——

"点灯的人也是人生道路上的匆匆过客。活着时无人知晓，工作不被重视，随即便像影子一样消失。"

影子怎会有"影子"外的存在呢？他只会把不记名的遗产留在世间。

这类道路从来就这样。

但我确信，神已收回了他，而另一个影子已悄悄上路。不久，夜里就会再次出现火炬，贫民窟就会再现他的兄弟……

一个一个地走，正如一个一个地来。

影子和我们的区别在于：沙漠里，他愿做一滴水，一滴迅速被瓜分和吃掉的水。而我们只甘为一群沙粒。我们感激、怀念并吃掉它。

　　沙粒是沙漠表面的主人、实质上的奴隶。

　　一滴水。默默无闻的先知。

1997 年 10 月

英雄的最后

普罗米修斯把光亮偷出来送了人,所以被锁在高加索最寒冷的岩石上,让兀鹫吃他不断长大的肝脏。

后来呢,后来怎样了呢?

卡夫卡暗示过一种可能——

"人们对这种变得枯燥无味的事感到厌倦,神变得不耐烦,兀鹫也不耐烦,伤口也渐渐愈合了。"

再后来呢?

再后来就是:老普被本就不喜欢悲剧的世人给忘了。

大伙改了口味,不愿再从事严肃思考或抚摸什么苦难,太累,太抽象,一代代新人恋上了感官,迷上了娱乐和调侃——这该叫甜心哲学或享乐主义罢。老普不再像英雄那样被传颂,他的事很少被提及,偶尔在极冷僻的书中遇见,也权作一件古董、一桩小幽默,甚至有瞎编和危言耸听之嫌。

总之,一切都远去了,一切又都回来了。

那些曾被视为荒谬的、反动的、斗争中被打碎的——又被时间捡回来了,被重新整合,组成新的权威和秩序。而那些发生过的,看上去好像从未发生。或者说,白发生了。

在这个彻底松弛的时代,老普成了一堆破烂。孩子们贪婪地享受火带来的美食,却只会感激火柴盒。

兀鹫呢？有人关心起下岗人员来。

可以肯定，它不会再做高加索狱卒了。伙食单调不说，陪这个冥顽不化的活死人太没劲，做个业余"普学家"也没意思。下海得了，凭一身武艺何愁谋不到肥差，比如给富豪看家护院做个保镖啥的，趁机也可以会会别的兀鹫，长长见识谈谈恋爱……

兀鹫的前途可谓光明得很。

最后，最后的结局是——

由于兀鹫失踪，老普得不到惩罚，而新肝脏本色不变，源源不断地生长，愈积愈多，渐渐超过了体重。

终于，一个阳光明媚的清晨，高加索附近的农民发现，可怜的老普竟活活给硕大如山的肝脏——累死了。

这是神做梦也没有想到的。

有史以来最大的悲剧诞生了，比西西弗斯神话惨烈得多。

1996 年

来自云层的声音
——读茨威格《巫山云》与《一个女人一生中的 24 小时》

是的,你隐隐动容。为世上竟有这样晶莹的女子这样奋然不顾的爱情。像一枚沾满露珠的草叶,在孤寂至深的夜里,在快意的风中,你被吹拂得如此厉害,被压迫得喘不过气,只觉肌肤的沁凉和眩晕的颤栗。

你被一个女人的故事击溃,溃不成军。动情使得你肩头发抖——不能自持的痉挛的冷。你天生喜欢这样,喜欢被激情夺去理智的感受,尤其被美丽的女子夺去。或者说,因为你心底有了爱,你爱上了她,那个爱得绝望的女人,那个不会再爱上别人的女人。这无关紧要,你将重构小说的秩序,把最佳的位子留给自己,然后走进她的视野……那时,你仍愿当一名作家,但你疯狂的写作只是写情书罢了。

你觉得配得上女人的情。除了友谊,更要爱她、呵护她,不辜负她。

一切只是感动太深的缘故,你心想。感动即幸福,这是你成年后的第一个经验。

这入冬以来的第一本书,竟使潦草的心境全变了。

现实的光线一下子熄灭。台前陡然亮了一盏女性光泽的灯,柠檬的温情沐浴着男人枯瘦的思绪。你忽涌起一股欲望,一种想紧紧握住什么或被握紧的欲望。你不再冷,体内的冰块被鸟喙一粒粒敲碎、叼走。脸上的郁肿正在消散。你获得了一个信号、一种暗示和鼓舞,你觉得一桩伟大的爱情等着你,在远方一棵菩提树下。那树为等你险些老了,你决定立即上路,你觉得生涯中即要增添什么,煤块、干柴或一匹栗色的威马,你想燃烧几要燃烧真的燃烧……

你不再冷。女人是男人的未来。

当曙色舔透窗玻璃,你意识到自己走神了。脸庞微微发烫,你看清了一夜的凌乱和冲动:那急于诉说的对一例美好故事的亲近和热望。怎会不感激这一切呢?感激生命中一次被感动的机会,这机会稍懈即逝,又非每天每月都有。像个不知羞耻的孩子,你谦卑地跪俯下去,朝那位令人尊敬又想往的女人,噙含热泪……永生永世的女子,吸引写作又挽救写作的女子啊。你宁信这是生活对你的奖励,答谢一个敏感、忧郁、喜欢浪漫与幻想的青年长久以来为寻求美的精神所领受的一切——鲜为人知的写作和隐居理想的清苦。

无论是谁,面对这样一部书,倘若骄矜地摆出若无其事的样子,该多么可憎、滑稽而令人鄙视呵。没有比这更大的虚伪了:一个吝啬的坚持不流泪的家伙!稻草人、空心人的悲哀!

你相信自己从不会这样。

没有激情的生命黯淡无光。

一个把爱紧紧捂在胸前的女人永远受人尊敬。不管她的爱里有多少盲目和悖理,至少在我这儿,会把鲜花和最纯洁的声誉献给她。因为她决意已断,身心并赴,接下来只听命激情的安排。没有错,这样的生命永远是对的。她决定了,她打定主意要做一件永不后悔的事,即使在聪明者看来只是不幸和悲剧。她不逃走。

爱本身即奇迹,猝不及防的奇迹,爱是不讲理、不计算的。爱是身孕,是暴风眼中的产床,是被流弹一瞬间击中、倒下,是不可逆转、无法预卜的事……她感动了,她被自己的想法感动了:来自理想的遭遇正深深满足着我，打击我的力量就是我的力量！

可一生中真正值得收藏和怀念的，除了那激情迸溅的痛苦和欢乐，又有什么呢？

一个女人一生中的24小时足以和整个一生相媲美。

无私无畏的生命。

感谢斯蒂芬·茨威格——把这样的女子介绍给我们。

帮助了艺术，也帮助了人生。

读一本好书，能时时被感动，被那些真正优秀、堪称不朽的角色和心灵深深吸引。沉溺其中，你会体验出从未有过的神秘欢愉：与主人公无声邂逅，彼此暗暗吃惊，从陌生、留言到相爱……你深情地遥指：那就是我！那个与自己多么相似的人！

梦是假的，梦中的快乐却是真的、刻骨铭心。此乃人生多大的幸事啊，给那些神情呆板、心如死灰的生活陡添了多大的刺激、参照和鼓舞，像阴晦的天窗豁然跃出一枚金币般的星灿，借意念的闪光，你捕捉到了新生活的谕示、召唤、通往理想的绳梯……

终于可以对生活说：没有白爱你一场啊！

然而，像"被感动"这样的事，亦非每个人都能轻易获得，而与一种敏感、深情、专注且富饶的精神体质有关。信仰就是愿意信仰，感动即愿意被感动，这只对素有心理准备和美的打算、勇于热爱并习惯付出的人才可能。一个麻木、迟钝、缺少情谊、在死水般的生活中惰性如铁的人，无论如何难以达及。他太杂芜太不净，太惯于"不懂这不懂那"和粗鲁的漠视了。

他不太警惕！美无法惊悸他。爱无法折磨他。再大的雨也淋不湿他。

人不能靠拒绝诱惑以求平安，人要时刻准备被吸引，被身边的某个动静和角落的某个影子。赫西俄德说："你要注意来自云层上的鹤的叫声……"

1994年12月

初恋：献给伟大的陌生人

人或许一生没有婚姻，也没遇到真正的爱情，但一定有初恋。

"初"的滋味刻骨铭心，正像处子最隐秘的破裂和疼痛，她只被允许怒放一次，闪电只从她身上划过一次，瞬间即永远。所以，初恋在人生中有"史"的意义。

与爱情、婚姻等事实相比，初恋更像一个仪式，她竖起了一道月亮门，一眨眼，少男少女即隐入花枝颤动的伊甸园。

初恋务虚至极，故多无果。犹如石榴树上红艳似火的谎花，她们早早地绽开了，比坐果的花都要提前，灼热、激烈、疯狂、喷粉吐蕊，她们如痴如醉、奋不顾身。

初恋最诗意、最醒目、最难忘，因为"初"。

她可以表白，追求互动与合作；亦可守口如瓶，静悄悄地内燃。

在原理上，初恋和追星族的"情感投标"大体一致。很大程度上，她不属于某个具体的谁，更像一个少男少女献给整个异性世界的一份厚礼，一次勇敢而羞涩的"对外开放"。尤其在暗恋者身上，可能会发生这样的事：多年后，竟把对方给忘了，面孔都模糊了，记住的，只是有人曾来过……

有个"丢手绢"的童戏：小孩子围成一圈，不许回头，一人持手绢绕圈跑，相中谁便趁之不备丢其后，再绕回时，对方若未察，便被捉……初恋情景又何尝不如此呢？因为手上有一份礼物，接下来，你最迫不及待的就是将其送出去,脑海里盘旋着一个声音:"送出去,我要送出去……"所有心力都被这个念头召唤着、驱使着,更折磨着。至于送给谁反而不重要,一如儿歌里所唱:"找呀找呀找朋友,找到一个好朋友,握握手呀敬个礼……再见!"再见,既是故事的结局,也是游戏的初衷——一个隐蔽的骗过了所有人的初衷。

一个人早就暗暗存了渴望,心胸被一股东西涨得满满的,快要溢了,像产妇的乳汁,无论如何,无论什么方式,她都要放它出来,否则即不舒服,会酿成淤肿和内伤。

实际上,无论单恋还是相恋,初恋都更像是一个人的风暴、一个人的篝火。她的心路和程序,始终按梦中方式来布局、来行走。至于那个人,只是个模特、一具梦幻客体、一个朦胧化身——如同追星,追的不是人,是星,是光芒中的虚拟之人,是被你赋予了无数想象和附加值的人。其唯一作用即煽动你的体温、热浪与颤栗,激发你对更远、更无限事物的憧憬。说白了,他(她)是来帮忙的,来帮你燃烧,来接收你那份急着送出的礼物。就像婴儿,是在帮女人的忙,帮她兑现母爱,消耗掉那些乳汁。

所以说,初恋消费的并非实体,而是偶像。他(她)是什么不重要,重要的是他(她)像——像你想要的某个人、某类人。

伟大的陌生人!

那是一张永远冲不清晰的底片。他(她)没有名字,只有性别和神秘的光晕。他(她)没有正面,仅剩背影和雾中的轮廓……你们根本不相识,在这个世界上,你们从未相遇。

你说你见过他(她)了,那一定是梦里。

你说你找到他(她)了,那一定是替身。

或许,30岁以后,我们才可能懂得和个体有关的爱情。此前,我们只是在练习爱情,虽然不懂,但我们必须让爱开始。

因为春天来了,花必须开。

1998年

人类夫人

我以为,世上有三种最让男人倾心和膜拜的女子。

一类属天姿型,所谓"初发芙蓉""梨花带雨"是也。天然之色,仿佛一件精美绝伦的瓷品:冰肌玉骨,晶莹剔透,浑身灵气,清澈摄人,又未被俗风醺染,不矫情,不造作——技艺之高疑为上帝之手;又如雨后的秋水柳烟:波光粼粼,体态荡漾,令人心旷神怡,风情万种却清白无辜……美到极致即神圣,透过她们,我们触摸到"天仙"一词的含义。这种美的到来,可谓对人间苦难和尘世枯燥的一种恩赐、一种抚恤和犒赏,近乎"公共福利"。她激起人心底的一股温柔之怜、一股向善向美的愿望,激起艺术的灵感和舞步,激起男人的刚性和英雄价值观……此般尤物,不仅让异性面热耳酣,女人也为之心跳。哪怕远远瞥上一眼,也会情不自禁感叹世界的美好,同时也让观者心生自卑,不敢挨得太近……《庄子·齐物论》云:"毛嫱、丽姬,人之所美也;鱼见之深入,鸟见之高飞。"古往今来的美人多属此列,东土有西施、虞姬、"二乔"、绿珠、柳姬、碧玉、张丽华、红拂女、卫子夫、杨玉环、陈圆圆……西域如海伦、普希金夫人娜塔利娅、歌德的"小心肝"贝蒂纳,好莱坞影星费雯·丽、英格丽·褒曼、伊丽莎白·泰勒、玛丽莲·梦露等。

但她们的生命履历大多停留在天姿上,停留在世人对色的憧憬和纯真记忆中。她们贡献了美,但这美是模糊、缥缈且格式化的,差异性并不大,主体性也常被忽略。她们虽在自然美学上掳掠了世人目光,但缺乏个体的文化含量,更少社会学的意义,所以当文学对其描述时,很容易淡化真实的个体,往往采取集体捏合的手法,将之景观化、风物化、群像化——仿佛针对的不是个人,而是一群婀娜的蝴蝶、大自然舞台上的模特。比如"沉鱼落雁""羞花闭月""环肥燕瘦""秦淮八艳"等典故,作为纪念方式,这不免显得轻浮、粗陋。

国色天香,愉悦的是人的生理,营养的是人的视觉。

另一类为偶像型。除了物理之美,她们还对女性的精神美学作出了贡献。

比起前者,她们在容颜上丝毫不逊,但由于后天的生命光芒,尤其才智上的亮点,使之有了强烈的个体性和偶像特征——仅以姿色来称呼、记忆对方,已显得不足和不敬了。除了美的赞誉,更有社会、艺术、人格的评价。花容,仅被充作一抹音乐般的背景,于其生命而言,算锦上添花罢了。她们的精神、气质、才学、性情、生命行为,在自己的时代极为耀眼。其生命桃花,在公共空间绽放得那么饱满、灿烂、绚丽,那么富有象征性和感染力,乃至给一个时代的文明添加了女性的内涵,涂上了一层淡淡的胭脂和红粉……

最终,史册以详细而生动的"个"的档案方式录取了她们。由于后天的优秀,其生涯故事也多和某些丰碑人物、与历史的优美章节维系在一起,诞生了许多佳话。也就是说,美和美德,清丽的天姿和雅致的人生,花容月貌和兰心蕙质,将她们引渡向了完美——这样的美堪称奇迹,堪称一项"女性成就"。我们可开出一长串这样的名单:班婕妤、卓文君、蔡文姬、王昭君、步非烟、薛涛、李清照、柳如是、宋氏姐妹、林徽因、苏菲娅、邓肯、阿赫玛托娃、阿伦特……

她们养眼,更养心。

如果说前者如珍稀花卉——散发着魔幻的颜色和奇香,后者则像琥珀、玛瑙、珍珠——靠天资、才情和光阴结晶而成,既有上苍的垂怜,更靠自身的修为。前者为自然成就,属材质之美;后者为人生业绩,属作品之美。尤其古代,前者似乎专为竞拍和角斗场而设,乃男性政治和权力世界的配套资源，属诸侯王公争揽的名胜风景——而且，对之的宠爱和染指并不需要太严格的机遇和资识，谁强大谁称霸即能占有（因海伦、陈圆圆引发的战争，由褒姒、妲己招致的误国，如貂蝉、西施、花蕊夫人等战利品般的频频易手，都印证着这点）。而后者不同，她们的生命品格、美学价值、心灵风光，只凭特殊的精神纽带和艺术缘分进入了少量异性的私人空间，为他们见证和爱慕，在坊间引起轰动和竞争——就像那些退出市面的艺术极品，只为少数隐秘的精神领地所收藏。至于后世和大众对她们的消费，已是观众或读者式的审美消费了，既非权力和商业消费，亦非实体的爱情和世俗消费。

文人笔下，前者常被唤作天使，后者则被誉为女神。天使被收入了自然风情画卷，女神则作为独立条目进入了艺术辞典。

另外，还有一类与时代广场无缘的女子，她们的身份更民间、更在野，生存也更低调、更安静，但其爱情和美德却促成了一个伟大男性的分娩，她们的私人事迹，赢得了后世无数感动、尊敬和怀念。

我称之为"乳娘型"或"圣女型"。

只需进图书馆翻翻即发现，多少曲名和乐谱的献辞中都藏着一位女性的名字？多少巨著的扉页上都镌有"献给某某夫人"的字样？对作者们来说，那些女性就像伟大而圣洁的容器，值得自己把才华、爱情、友谊、生涯甚至坟墓——一并投放进去。她们不仅是温柔之乡，更是精神港湾和灵魂家园。就像卢梭在描述华伦夫人时所说："我完全成了她的作品，成了她的孩子。"而叶芝在缅怀格雷戈尔夫人时也写道："对于我，她是母亲、姐姐、兄弟、朋友，没有她我就无法认识这个世界——她为我动摇的思想带来了一种坚定的高尚性。"

那些旷世恋情和冰雪友谊，成就了多少不朽经典和大师业绩——像伊文斯卡娅之于帕斯捷尔纳克（前者即《日瓦戈医生》中女主人公的原型）；像巴纳耶娃之于涅克拉索夫（后世曾这样评价："这位善良的女性能认识到涅克拉索夫的真正价值，并对他报以缠绵的爱情，它构成了诗人愁苦生活中最明朗的一页"）；像梅可夫人之于柴可夫斯基（她多年来在物质和精神上给予音乐家以双重呵护）；像华伦夫人之于卢梭（前者以"妈妈"和"情人"身份，在卢梭最孤独和病弱时给了他力量、温暖和爱）；像玛丽·哈斯凯勒小姐之于纪伯伦（前者为诗人的异国资助者。《泪与笑》一书的题记是："献给 M.E.H。谨将本书——我人生风暴的第一阵风，献给那高贵的灵魂——她爱清风，与风暴同行"）；更有普希金组诗《在西伯利亚矿井深处》中的那些伯爵夫人，那些冰天雪地里陪丈夫服刑的妻子们，没有她们，俄国历史上就不会闪现英勇的"十二月党人"……

虽然在艺术家和大师词条里，查不到这些女性的名字，但你分明觉得，在那些不朽的乐章和诗行背后，总有裙影摇曳，总有一束束柔美的发髻在绽放……这些圣母般的女性，以隐私的方式——炽热的恋情或纯净的友谊，表达着对艺术和艺术家的爱：不仅支撑起对方的生活，更予其温美的灵魂浸润、精神滋养和柔情陪护……她们的身份和意义，早已逾出了为人妻为人母的世俗格局。她们集情人、乳娘、侍女、知音、导师，集缪斯、雅典娜、维纳斯与玛丽亚的美和美德于一体。她们像神话中身披浣纱的圣女，在抒情的月光下，徐徐抖开双翼，敞开美丽的肢体和高尚的情怀，为那些艺术婴儿撑起一顶顶生命之伞……

以上三组类型，代表了我对女性最美好的阅读和印象。她们是我的心跳、我的珍藏、我的家人。我像熟悉脉搏一样熟悉那些故事。我常在风轻云淡的夜晚远远地打量、思念她们。

尤其后两类女子，她们灵魂发育得更充实、丰满，对美的贡献、对男性精神的影响更深远绵长。鉴于她们对男性文明巨大的"教师"和"保姆"作用，我称之为"人类夫人"——值得男性共同纪念和仰慕的"夫人"。

正是她们，提升了女性的群体荣誉。正由于她们的生生不息，米兰·昆德拉才有底气说："女人是男人的未来！"歌德才深情唱道："永恒之女性，引导我们走！"

男人感谢她们，美感谢她们，文明感谢她们。

1999 年

艺术地穿越死

1

人何能不惧死？

是宗教虚拟的光明冲淡了血液的浓稠黑暗，还是生命天然即可漠视和消化死呢？死是什么？仅仅是丧失吗？是否应包括比"空荡"和"虚无"更积极的含义？人死后，究竟有无灵魂的景致？

死，像荒原上一株孤伶的树，想到它便望见了它，远远地，虽然有雾，有氤氲的风。

人的悲剧即在于怕死，怕得要命。否则死都不怕生又何惧？无法挣脱对"乌有"的绝望，活得贪婪却消极，干什么都觉虚，日子久了，便失魂落魄，穷得像贼。

一首劝世歌叫《潇洒走一回》，像"少女之春"的广告，很水灵很飘逸，但细想，逻辑很牵强，没啥道理，像政治课。

2

极少有真不怕死的。

却有。并非真的乐意而是真的不惧。

艺术家常涉入这类型。海明威说：人可以被毁灭，但不能被打败。

福克纳喊得更响:我拒绝人类的末日,因为人类有尊严。

靠什么?靠艺术。靠艺术对生命的极大托举。

艺术家是从不怀疑生命的。他相信生之意义即在于美的欢愉,在于对美一刻不停的搜寻、活跃与表现……肉体终有被解散的一霎,但生命代表的美和艺术却永存。美是穿越全人类、穿越时空的永恒能量。

临终的司汤达说自己:这个人——活过,爱过,写过。

他骄傲而归。他赢了。他干完了一生所有漂亮的事儿。

3

一滴水是微渺的,然借大海之势,即可在无限分子的集合中保存完好,生生不息……一旦短暂的生命和无限神秘的艺术宇宙相通,在凯歌声中,人就可借永恒的指引,微笑着朝死亡过渡了:"我仍是有尊严有意义的啊!"个体飞快地消失,美代替知觉和姓名,获得了保存与延续,获得继续飞翔的力……

艺术家又是最关心精神的。只有精神才能安慰精神,只有精神才能答谢生命。肉体遭毁灭,但精神不可被打败——

人正是为胜利而来!正是精神赢得了这场胜利!

只要宇宙不灭,艺术就不会死,美就不会消逝——像哈雷彗星,像贝多芬交响……她穿越百年又回来了,全世界为之肃穆、欢呼。

4

只有特殊精神体质的人,才会在大自然面前落泪。

一位年老的俄罗斯画家,当一轮满月徐徐从树梢后升起时,他突然为那种壮丽与圆润、清洁与博大所惊呆了……终于,他深深跪下去。

他一定比别人多看到了什么。

是艺术,大自然最完美的艺术——他心目中的上帝,上帝也正注视着这位清洁的老人。他震撼,他敬畏,他幸福极了。这幸福几使他晕眩,他不敢抬眼,天国的光辉像雪花洒向他……

他诞生了!

犹如那轮满月,艺术是个大概念,所有艺术家都把精神寄托在这个看上去近乎于"0"的载体上——因为太完美太遥远才酷似于零。可这毕竟是艺术家永恒的归宿、永恒的生命家园。他们以毕生才华参与对"0"的猜想、设计和构造。

5

死实在是休想阻挡的。《圣经》说:只因你来自尘土,就要回归尘土。

怀抱艺术的人,他们的回归情景是——

> 他们回去了呵,他们同时带回
> 一切至美,一切崇高伟大
> 一切生命的音响,一切色彩……
> 他们获救了。摆脱了时间的潮流
> 在品都斯山顶上飘荡……

(席勒《诗选》。品都斯山,希腊山名,阿波罗和缪斯的山)

1994 年 5 月

某一夜晚

当时,你正躲在一间没有暖气的公寓里写作。

灯突然熄了,没一丝预兆。

你陷在圈椅里,承受这突如其来的伤害,恍若被暗器击落的蝙蝠,惶恐而沮丧。

从窗子望出去,风雨涂改了天地,停电的街区像一艘黑魆魆的沉船飘曳在深海峡谷中,没有方向,没有根基,没有光亮……

钢窗,发出风琴的欷歔声。

你蓦地一惊:自己竟是孤独的!风雨阻断了所有进出的道路,你已被黑夜铐住。或者说,你是被流放在这儿的。仿佛一粒萤虫被投进黑冷的玻璃罩,冲不出,撞不开,划不出痕迹,带着自生自灭的宿命……

一股孤立无援的痛楚和悲哀愈演愈烈,像巨大的喘息的舌头紧紧箍缚着你,挤压着,榨噬着,力道越来越大,分泌着野性和刑罚——你的体力你的意志连同昔日的傲慢即要散架了。

你的感情开始悲愤地寻找什么。

渴望陪伴、怜惜、安慰,甚至抚摩。渴望生命中真正的同类,彼此的珍重、关切、响应,患难相扶的忠诚……

你惶惑地乞盼着一记敲门声——那个仿佛走错了门的不速之客。不管他是谁,不管现实中关系如何,哪怕只是个贼,只要其绝不含糊地留下来——你会以多么大的惊喜和笨拙的热情来款待他！你会忐忑不安，觉得欠人家太多，你心存感激并发誓报答。

你还奢望电话的震铃。当一缕真实的声音奇迹般炸响（你的耳朵简直要感动掉了），粗鲁也好温柔也好，一个冲动，一个问候，一个表白，哪怕一场毫无意义的闲扯或激烈争执。

可没有，你实在想不起谁会有如此的灵犀感应到自己。没有，一个也没有。昔日那些匆忙结下的情义、缘分、知遇，只是一片模糊的形迹可疑的风景。

不能，你不能指望别人太多，这不公平。人家有老婆孩子，或身边正躺着爱情，都甜美地入梦了。当然有醒着的，可人家正忙着处理白天剩下的事，每一件都比你要紧得多。凭什么呀，凭什么无理地勒索人家？

该羞愧的是你，你奢侈、荒谬又混乱的感情，你轻狂的胡思乱想。你的世界与别人无关。你不该责怨哪一个他或她。

就这样枯坐着，脑子一片空白。一种淡淡的苦艾的气息，像墙壁结实地包围你。

后来，也是晚上，一位朋友来闲坐。我无意中扯起那次停电后的"遭遇"。沉默半响，末了，她仿佛下决心似的说——

你错了。那个夜，我的境况和你一样糟，糟透了……从我的晾台可一直望见这儿。或许，是被动荡的雨声绑架了，心理异常脆弱、迷乱、不可理喻。整个晚上我都在想象一个人，无法自控……远远地，我感受到他的存在，他牢笼里的气息，他的黑暗与挣扎，我陷了进去，成了那牢笼里的另一只野兽……但我几乎断定，他决不会想到我……我真是太熟悉他了，就像熟悉自己的一件收藏。他太自负太习惯漠视了，对邻近的东西从来不屑一顾……他只怜悯自己，他所有的失落都只是自恋而已，他只是他一个人的情人或情敌……这样想着想着我就哭了，如果，能有一点点不被忽略和轻视的自信，如果找到一点点说服自己的理由，我一定会不顾一切地拨一个电话，哪怕只说一句：我很孤独。可我一丝冒险的勇气都没有,没有,因为他从未给过我啊,哪怕极小的暗示……我一次次拿起话筒又放下,我的尊严或者说虚荣制止了我。我得感谢这虚荣,它像爱人一样忠实地保护着我,使自己不致受伤……事实上我是对的,他果然没想到我……

我怔住,仿佛被催眠了。

我望着窗外。不错,从这儿可以一直看见她的街区。

他真是很自私很吝啬啊……她幽幽叹道,像数落一个不听话的孩子。

我醒了,满脸羞愧。

她平静地盯住这个男人,露出一丝柔情,摇摇头:这是缘分,没办法的,忘了吧,忘了刚才的事吧,我真是太冲动了。

她苦笑着起身。

我明白,她要告辞了,她已把刚才的自己给换掉了。而生活,又要原路返回了。仅此而已。

1994 年

向爱人坦白

若一个男人称"我只对自己的太太有欲望",我认定完全在撒谎;若他说"我只爱过我的妻子",我觉得可能在撒谎;若他说"我正爱着我的妻子",我觉得这大概是实话。

为什么呢?因为他指认了时间,把爱情留在了"现在"区间里,既没包揽过去,也未透支将来。前者之所以显得不诚实,是因他不敢承认爱的阶段性,且试图掩盖爱和欲并非一回事之真相。

就体积而言,欲比爱要大得多,更粗犷,更野性。欲是一种漫无边际的东西,它无规则、无秩序,像一团氤氲,弥漫、飘忽、发散,无法收集和测量。它暗自汹涌,却悄然无声,不露痕迹和征兆,且有瞬间、即兴、随意等特征。比如我们每天都会对那些体貌美好的异性产生遐想:大街上走的,电影电视上的,舞台、海报、网络上的,有名无名、有实无实的……我们内心的深穴里,她们都曾掀起风暴,甚至扮演过令人吃惊的角色,激栗和满足过我们的生理。

孔子说:"吾未见好德如好色者也。"好色,犹如身体的内分泌,不受理性和逻辑支配,谁也控制不了。国外不少机构对男人的性幻想频率做调查,结果不一,有说日均 8—10 次,有称几十乃至百余次,总之,"想入非非"之活跃令人咋舌,这就是我们的真相。

即使说出来,这也不算什么"核泄漏",既不该引发对自身的厌恶和鄙视,亦不应导致妻子或恋人的憎恨。同样,上帝也把平等的权利赠给了女人,她们亦可尽情地自由想象。不同的是,女人的心扉通常是上锁的,比男人更幽秘、严实,不像男人那么赤裸。

爱则不同了。如果说,欲的状态是潜伏、杂芜、浑浊、恣肆的,那爱则鲜明、具体、严格、清晰得多。在某个人生周期里,爱的投注对象是唯一的,它要求确指,要求专注和聚精会神,一个人不能同时——平行地爱着多个异性。人生可有多场次的爱,甚至不停地爱,但在某个时期,爱只向一个人输出。

如此,疑问即来了:既然欲与爱是两股独立势力,难以使之"同位化",那么,欲是否必然会伤害爱?欲的存在是否对爱本身构成不忠?

虽然在智者眼里,这是庸人自扰、左右手打架,但在经验事实上,此忧非赘。我们的伦理文化和生活美学中,一直存在"扬爱抑欲"的情形:夸大欲之危害,抱着向爱献媚的态度——故意掩盖欲之存在,贬低它的价值。作为一个懂生命又不虚伪的人,你须先承认爱与欲乃人生地图上两股独立的河流(尽管双方时有交汇,尽管我们想使之合一的愿望多么强烈),只有如实地甄别其属性,承认双方的合理,你才可能安抚好它们,使之并行不悖地自然畅行,否则,即出现一条河冲溃另一条河的险情,导致相互争道、倾轧和诋毁的洪灾。比如为一时欲念而颠覆旧有的爱情河床(婚姻),比如把爱仅视为欲的合法载体和泄洪之渠……许多人生危机和事故即这样酿就的。

所以,区分并善待爱与欲,对人生极为重要,不仅可帮我们安置好欲望,不致泛滥而损伤爱情,亦可避免那种以爱情或婚姻名义杀死人欲的"专制爱情"的产生。

根据人性事实,任何一个生理成熟的人都不可能只对一个异性有欲,这和爱情质量及牢固程度没关系,更不能以此鉴定爱之真伪。爱是一种现实的演绎,它有丰富而翔实的内容(比如肉体结合、婚姻、子女、财产、家庭细节等),而欲的多数状态是空洞和无实的,属一种梦游和虚构,其现实效力近乎于零,所以,它的危害性不应被夸大,更不该被诉诸道德法庭,作为背叛爱和婚姻的证据。

任何一个异性的特征都无法和我们少年时代关于"爱人"的全部构想相吻合,因为对方只是一个,而我们最初的朦胧之爱,无不冲着一个神秘的集合去的,属于对整个异性世界的热望和憧憬。从发生学的角度看,情欲的输出对象从来即模糊的:广义上讲,它是我们献给所有异性的一份伟大礼物,爱的原始本质即一种"我爱天下男人""我爱天下女人"的心绪冲动;具体而言,它是我们献给某种异性类型的礼物,即常说的择偶标准——从很早时候起,我们就开始酝酿、密谋、埋伏,让心吐出缕缕的丝来,结成一张焦渴的网,只待嫌疑人出现……

那么,现实中的爱又如何解释呢?

答案是:对异性集合的爱转化为了对一个人的爱。你说你深爱某个人,说明你有那样的转化能力,你实现了那种转化,幸运地找到了"替代品",但并不意味着你告别了对异性集合的原始爱慕,那冲动还在,只是冬眠了。

我们常陷入一种误区:以为某个人才是我们的绝对至爱,乃不可替代、别无选择的归宿。其实,世上没有唯一性的天然,也没有命定的排他性的必然,你选择了他(她),仅仅因为其生物特征和精神轮廓基本符合你的理想类别,满足了你的幻觉和意境,而恰好你也适合对方,于是,双方同意"接轨"(相爱)。但这是人工接轨,并非天设地造,世上没有人是为另一个人准备的。

情欲幻想适用于每一个人。无论你的现实之爱多么灼热和深挚,无论斯人再优秀,也无法囊括异性偶像的全部特征,满足你潜在的所有奢望,尤其你变幻莫测的好奇心和想象力……在内心的雨林深处,那股对异性集合的原始情欲始终在场,它像活跃的温泉,炙烫着你的神经,鼓舞着你对生存的贪恋和痴迷。

所以,幻想即成必然。每个人潜意识里都有一份隐秘的"别爱"——对另者(第三者)的迷恋。更多时候,他(她)是一个并不存在的诗意客体,一个莫须有的美好幻象——如同人类对"外星人"的态度。虽是南柯一梦,其美学功能却是巨大的,它像一个振荡器,时时激励和搅拌着我们的血液与体温,让我们更加贪生,并对新异的生活说"爱"。

甚至,我们每消费一部爱情电影或性爱小说,每被感动和灌醉一次,内心都在经历一场虚拟的爱情或性爱:自己就是那男主角或女主角!在心理美学的指引下,我们悄悄完成了一次次的人物替换……

作为超远距离和靠光柱射出的幻灯片,由于它本身没有重量,缺少触摸和染指之可能,故它并未让人觉得惊险,也不会伤害现实的另一方。但生活中常有这样的例子:当爱情或婚姻的另一半,突然迷恋上了近距离的某个真实个体时,我们往往会受不了,痛苦、悲愤、怨恨,甚至想分手、离婚……

当"情敌"为某个遥不可及的人时,比如家喻户晓的明星,像乔丹、阿兰德龙、费雯·丽、褒曼……我们丝毫不恼,不觉得这是一种羞辱与背叛,不觉得情感所有权和占有量受损,甚至会支持该精神游戏,尤其当对方早已谢世、被镌刻进了纪念碑时。太遥远,离自己的生活系统和人生地点太远,构不成操作性,爱他们,实质上跟爱一个外星人没区别。倘若那是一个进入生存领地的人,哪怕是个公共偶像,事情也会起变化,你会不舒服,会醋意大发,对另一半油生厌恶;假如再进一步,对方距离上再近一点,比如生活或工作圈子里的人,一个像自己一样的普通人,情形即陡转急下了,你会勃然大怒:怎么是他(她)?怎么会看上他(她)?他(她)哪点优于我?

因为物理空间上近,生活背景相似,可比性就有了,疼痛、妒恼和被侵略感就有了。即使纯粹的精神爱慕,柏拉图式的游戏,当事人亦会受不了,觉得自己情感失窃、巢穴被占,视若人生事故。

听说过一件事:夫妇俩都酷爱音乐,有一天,自视甚高的丈夫突然发现年轻的妻子迷上了某个酒吧乐手——在他眼里,那简直是个乳臭未干的小子。他苦恼不已,不解其中原委。夫妇都是修养颇高的人,自不会吵闹，但见妻子神态恍惚、情迷意乱的样子，他实在憋不住，说："假如你爱上的是瓦格纳，我一定不嫉妒，我会感到骄傲，会尊重你的感情，可为何是这么个人……你太不争气了！"

"瓦格纳"意味着什么？这位被冷落的丈夫，又能从该名字中抽取什么呢？

其实，丈夫获得的并非什么荣耀，而是一种心灵自慰，精神胜利法而已。因为今人口中的"瓦格纳"，早已不是实际的个体，而是一个被时间放大的虚词，一尊被赋予了传奇和美谈的神圣，它粉碎了任何现实的攀比心理：谁在伟人面前不渺小呢？谁会与之争夺什么呢？

若说爱慕一个大人物是正常的，配得上审美和理性的支持，那何以迷恋一个同时代的小人物，就不可理喻了呢？

其实，所谓的"瓦格纳"之说，只是骗自己的矫情。你的生存位置变了，感受和态度随之而变，假如你是瓦格纳的同时代人，甚至是其音乐圈里的某个朋友，你还会有现在的慷慨吗？别忘了，很多被誉为天才和大师的人，他们当年的生活境遇并不好，时代并未像后人想象得那样予其丰厚的犒赏和荣誉，临终的莫扎特不是凄凉得连陪护都没有、连棺材都靠施舍吗？梵高不是在一个妓女面前都自惭形秽、羞愧难当吗？不是连丹特士这样的无赖都敢向普希金叫板吗——甚至还将诗人杀死了？斯宾诺莎不是清贫如洗、靠磨镜片为生吗？天才的光环无不来自时间利息，当世时，连房东都不会对之另眼，为区区几枚钱币，就将其铺盖扔到大街上……假如你生在那个时代，且与之相邻，又会有何异常之举呢？你凭什么相信自己能大大方方地"割爱"？

近来在俄罗斯，有一桩趣闻——

自普京执政以来，女性追星族日益庞大。也难怪，俄罗斯历史上，尚未有过形象如此之"酷"的年轻领袖：冷峻的表情，强健的体魄，刚毅的棱角，运动的活力，言行的果决与坚定，生活中的绅士风度，尤其对女性的温雅、体贴……在俄罗斯妇女眼里，简直帅呆了！比起家里天天喝得烂醉的那位，不知强多少倍！作为"新好男人""模范丈夫""最佳情人"的头号种子，他的肖像不仅印满了各种饰品，甚至被请进了闺房，挂在女主人们的床头。

好在人家普京镇定得很，未见任何绯闻。俄罗斯爷们也算清醒，嫉妒归嫉妒，没见谁朝普京啐口水或起诉总统破坏公民家庭。为什么呢？恐怕在于：总统离妻子太"远"，不用操心。

进一步说，即便真出了总统勾引良家妇女的事，想必丈夫们也不会抛出"感到骄傲"之类的豪言壮语。再如美国的莱温斯基，虽有被"临幸"的经历，不也把总统送上了忏悔席吗？哪怕总统一度是她的偶像，但自从有了那层关系，距离美也就消失了。即便仍有不少新潮女性艳羡莱温斯基的"福分"，但也属长镜头的幻想游戏，仅此而已。这正是欲和爱的区别。

末了，我想对那位中国丈夫说的是：既然你已选择了现实爱情中的角色，即意味着放弃了扮演梦中情人的资格，你不能身兼两职，这是自然法。否则你也太专制了。其实，做不到心平气和是对的，妒怒也是对的，完全用不着遮掩，至少证明了你对妻子的爱和重视。那妻子也应因此而感动，换了那位乐手，他未必会为几要失去你而痛惜，说不定，这正是他希望的，摆摆手就大方地让你走人。

2003 年

草 鸡

"那个拂晓那片土地,第一个声音是鸡。"(蔡海葆《中原朝夕》)

农业文明中,作为一个重要符号,鸡的地位和价值是超出其他物种的。在穷乡僻壤,鸡是农人最亲密最信任的动物,形影相吊,须臾不离。

在摄影、绘画、影视作品中,凡乡村画面,总会闪出鸡们蓬松的身影,总要在房前垛后的小空地上,撒麦粒般倒上一把色彩斑斓的鸡:金黄、赤红、乌炭、芦花、雁灰……似乎它已成了乡土风景的标志,鸡一抖擞,整幅画就活了。

一点不像现在市场上的肉鸡:憨憨蠢蠢的硕态,仿佛偷了"相扑"家族的基因。山里鸡几乎不吃粮,每天在草窠里转悠,刨土觅虫,含草啄籽,餐泥饮露,沐风浴霁……它们很难称得上被喂大,更像一群自生自长的孤儿。所以,山里鸡也称"草鸡""柴鸡"。由于野生野长,它们肌肉结实、腿翅矫健,散打、飞扑、追逃,从地面到树梢、从篱笆到房脊,飘逸自如。较之肉鸡的室内体虚症,草鸡属运动健将了,既有鸟科目的野性与不羁,又驯良温厚、乖巧习人,俨然满地里跑的农家娃子。

鸡属于农耕,属于传统,属于诚实的劳作和俭朴的生活。日子愈清苦、贫寒,它愈显得珍贵。在农人心里,鸡的分量很重:雄鸡司晨,雌鸡产蛋,鸡毛造掸,鸡粪入肥,拿鸡蛋换几个零钱,换些油盐酱醋、针头线脑……鸡给平淡的农家生活添了一丝生气、一抹温煦和殷实的暖意。农人自个儿舍不得食鸡,除非特殊当口,比如招待贵客、滋补病人、伺候产妇。鸡是山里的珍珠,农妇唤鸡的"姆姆"声是那样亲热,像唤自己的孩子。

难有动物像鸡这样与农家结下如此深的渊源。虽是主仆,但更像生存伙伴,一种相濡以沫、相依为命的关系。加上草鸡对食物的节约(几乎不分享主人的口粮),你真说不准,究竟是人养鸡还是鸡养人。在"为人民服务"这点上,草鸡真是模范。就连青蛙,也被唤作田鸡,顿时拉近了这种小野物和人的关系。

鸡是村野人烟的标识。城市人进了山,顺着崎岖的羊肠小道,未及村口,最先撞上的便是三三两两值勤般的鸡。外来者无论善恶,从胃的本能来说,对草鸡都有一股强烈的欲望。鸡是农人饭桌上最隆重的出场,与其说是菜,不如说是一道大礼,家里来了客,若男人能扭头对媳妇说:"逮只鸡吧!"这情分算是到家了。不过这差事到了妇人身上,便心如刀绞,走到院里,对着那群朝夕相处的宝贝儿,她该犯难了:挑哪只呢?

鸡在中国农业社会中的珍贵和显赫性,在一些特殊年代的故事里亦反映得淋漓尽致:比如《林海雪原》"百鸡宴"一戏,匪徒们对鸡的狼吞虎咽俨然其人生最高享乐,对鸡的垂涎三尺和大撕大嚼,成了对坏人最传神的描绘。比如《红嫂》中的鸡汤,也被视为了百姓牺牲精神的象征,作了"军民鱼水情"的最佳道具。《铁道游击队》中不也有以香喷喷的烧鸡诱日本兵,趁其埋头享受的当儿、抡起大刀片的场面吗?鸡对中国革命的贡献可见一斑。再比如"鬼子进村",无不鸡飞狗跳、哭声狼藉,刺刀抓人与抓鸡同时进行,人之命运便也和鸡差不多了。

作家尤凤伟有过一篇讽刺小说《幸存者》,讲的是当代中国农村社会中鸡的遭遇。小说以幽默悲凉的语调,叙述了一位老汉和一只叫"拾米"的大公鸡——与村干部作命运抗争的故事:

该村有条不成文的规矩：上头一下来干部，村长就向村民借鸡，挨门逐户，谁也甭想逃脱。村委会对全村50户人家的"鸡户口"了如指掌，鸡们也似乎通人性，一听见村干部的脚板声就心惊肉跳、四下逃窜。"山里的鸡吃虫子，肉香，再用炭火细炖，极有味儿。来客都想吃。有的县、乡干部常常就为吃这一口才来这里视察工作。当然村干部自己馋了，借个来炖炖也稀松平常。"

这回该轮到"拾米"了。可主人古老汉很犟，死活不应。在他眼里，"拾米"不仅是只鸡，还是个听话懂事、忠实可人的伴儿，像自家孩子。"拾米就是只不挨刀的鸡，我就是要叫它活，活到它自己老死……我就是要给它送终。"在黑脸村长"中国人说话算数"的威吓下，古老汉犯愁：万一哪天自己先走了，"拾米"咋办？于是他琢磨，当务之急是帮"拾米"提高逃生本领，他开始训练这只和主人一样老的鸡，他要让它重振雄风，重新飞翔，让它在猪圈、房顶、树杈和院墙间游走自如，让那帮混蛋望"拾米"兴叹。

"拾米"的危险一天天延续，老汉的身子骨越来越差。终于有天，他拖着病体去了亲戚家，演了一出现代版的"赵氏托孤"——

"给我也中，只是太老了，炖时费火。"

"不许炖。"

"不炖作啥？"

"养着。"

"养到啥时？"

"到它死。"

……

"你应了，我死了房归你。"

不久，老汉撒手西去。"拾米"成了孤儿。但它活着，有尊严有意义地活着。它将顽强活下去，带着主人为自己辛苦拼来的"生存权"。不能自杀，更不能被杀。

这是个不轻松的故事。它发生在当代，发生在"山高高不过天，人能能不过官"的乡土中国。我知道它的真实性，人的命运有时和鸡差不多。但我更看重古老汉的那句话："活着吧拾米，好好活着吧……"我向这位鸡的监护人致敬，他是伟大的。这不仅是为鸡争生存权，更是在替人争尊严和自由。孤苦伶仃、卑微无辜的"拾米"，其实就是主人的影子，是他落在人间的魂。

活着，好好活着。人和鸡都不易。

1999 年

邻　居

客居小城已近 10 年，最重大的活动就是像鼹鼠一样搬家，每搬一次，邻居便换一拨：炸油条卖凉粉的，贩蔬菜蹬三轮的，开洗头房美发屋的……他们中大多数我已模糊，有一人除外，一个离婚男人和他的儿子，姓张。

张蹲过两年班房，原先在巷口做修车补胎生意，兼配钥匙，一天上午，有人找他开锁，说钥匙忘家了，经不住死磨硬泡，跟着去了……下午警车便呜呜来了，开锁那家失窃了几千元存折，房主却另有其人，正赶上"严打"，张便进去了。祸不单行，刑满前，老婆把孩子扔下，跟一个浙江裁缝跑了。从此，张发誓再也不碰老本行，当起了三轮车夫。

知道这些，是因为我碰上了一桩倒霉事：某晚出门买烟，钥匙忘在了屋里，又和房东联系不上。去派出所申请开锁，警察正打瞌睡，让我出示身份证，我说证件在屋里呢，只要进了屋，身份证租房合同全给您，警察摆摆手，这样违反规定，碰上贼谁负责？末了说单位介绍信也行，我一听急了，深更半夜哪里开信去？没辙，蔫蔫往回走，有人提醒，怎么不请你邻居帮忙，他可是这方面好手。我不知底细，去敲张的门，他一听脸黑了，死活不肯，最后说，你要不嫌弃，就在俺屋里呆一宿吧。那晚，坐在张的炕头，边喝酒边听他叹气……后来听说，张出狱后，"110"的人曾找他，想聘他为开锁员，替那些被拒之门外的人解燃眉之急,每次付5元劳务费,他哼一声,扭头就走。

那是一栋50年代的筒子楼,不像现在对门双户的单元住宅,而是一长溜走廊通着,一排多户。我住顶层的尽头,隔壁即张家,有了那次留宿,彼此便少了生分。他称呼我从不带姓,只叫"老师"。张喜欢吆嗓子,尤其卡拉OK,他有一架旧放像机,晚饭一过,就吆喝儿子往走廊搬家伙。时间一长,我听出来了,他会唱的就那么几首:《十五的月亮》《嫂子》《妹妹你大胆往前走》……张唱歌不赖,嗓门、音色都够份,能连吼几小时而不气衰,至深夜,"妹妹""嫂子"的吼声还惊天动地……开始我不怎么烦,甚至心里暗夸,但时间一长受不了,那天,张唱兴头上突然打住,门被敲开,他脸红着问:老师您吵不吵?我说哪能哪能呢。之后,我一有空便出去当面听他唱,看书时便偷偷将门窗关严,耳朵塞棉球。秘密很快被识穿,他一见我门窗紧闭,便自动歇业,抱着设备回屋去。通常,现场观众只有两人,我和他5岁的儿子。日子长了,大概他也觉得该换换曲目了,便添了些港台新歌,偶尔,他会捧一个本子来找我,指着上面的字问咋念,他居然只上过两年小学,真不明白他平时怎么看那些繁体字幕……奇怪的是,这个报纸都拿不上手的人,对那些词儿却有一种天然悟性,极少唱错。

有一晚,坐廊口纳凉,张突然抛出个令我大吃一惊的问题:"老师,不怕您笑话,有个事儿我寻思不透,打小就寻思不透,可心里憋得慌,生怕孩子啥时候问我咋办……我也不怕丢人了,您说,那天上的星星月亮,咋都挂着,不掉下来呢?"他吞吞吐吐,脸涨得通红。我愣住,半天才回过味。

若非亲眼看到、亲耳闻见,谁会想一个壮汉竟被这么个幼儿问题折磨着呢?我敬畏地看着天,熟悉的天,看着让一个父亲惶惑多年的神秘景观……我眼里,那些星辰突然变得巨大而深刻起来,璀璨无比。

于是我开始慢慢讲,似乎讲了"地球引力""上下方位"等话题。他一边听,一边咬着牙点头。我对自己的解释并不满意,觉得自己的"答"有点配不上这位父亲的"问"。我第一次感到一种为人师的难度、尴尬和力不从心。

那天夜里，失眠中想起一件事，一件和童年求知有关的事。

小时候，我是个爱观天的孩子，尤其夏夜，在萤火烁烁的草地旁，看星星看月亮。有一回，我问身边一位醉醺醺的大人，为什么月亮有时圆、有时缺。

大人打着酒嗝，很热情，拿树枝在地上画起来：月亮本是圆的，"缺"是因为人的视线刚好被地球挡住了……他还举了太阳的例子：你看你看，早上太阳升的时候为什么只有一半？因为另一半给地平线遮住了啊！

这例子一下子征服了我，我毫不怀疑眼前的道理，并作为一个"科学"牢记于心，竟一直记到了初二。有一天，我突然觉得不对劲：月亮"缺"的时候并非在地平线上啊？怎么能用"挡住"来解释呢？

我把此事的来龙去脉告诉父母，父母吓了一跳：他真这样对你说的？显然，他们不相信聪明儿子竟被一个浅显道理蒙了这么多年，更不理解一个受过教育的大人会对儿童说出那样的荒唐。

那"导师"是父母同事，一个医生。我一点不怀疑他的真诚，却想不通他怎么造出那样的答案。成年以后，我似乎醒悟了：很多貌似常识的东西，其实并非在任何时候、于任何人都是，对常识的误解也许是人的通病，无论你是多大的知识分子，被学历武装得再强大，也会在意想不到的地方犯低级错误，一个人越自负，越容易退化到对最基本事物近乎无知的地步。

我敬重我的邻居，他可以什么都不懂，但不会把一个粗心的答案鲁莽地送给自己的孩子。他是儿子的第一个老师，他配得上。

想象有朝一日他扯大嗓门："儿子，星星为什么不掉下来呢？"想象他的神情和语气，忍不住笑了。

不久，张家多了个小保姆，从乡下老家来，年纪很轻，皮肤有点黑，脸红红的像苹果，晒的。从此，每到傍晚，便有烧菜的香味从门缝溜进来，惹得我老有饥饿感……我想，张有福了。

由于附近施工，小区常停水断电。有一回，水停了一整天，深夜，忽被哗哗的流声惊醒，我跳起来直扑水龙头，关上后仍听得哗哗响，我明白了，是隔壁。我猜张一定睡得太死，正犹豫是否该去叫门，突听外面一阵急促的擂门声，有人大喊大叫……奇怪，张家一点反应没有。擂门声更猛了，我连忙披衣出去，是楼下住户，一副气急败坏的样子，原来张家的水已漏到人家床上了。我不明底细，只好说可能没人，先去关总阀吧。

重新回屋，发现隔壁的水声竟然没了。

我猛然醒悟：莫非，张怕让人撞见那姑娘？

第二天遇张，脸涨得像茄子，欠我什么似的。

很想对他说：没关系的，其实，你不必……

但没有。我一本正经数落他：昨夜你不在，可把楼下害惨了。

他一个劲点头：唉，唉……

半年后，该楼被房管局宣布为危房，限期拆除。

我又一次搬了家。再也没见过张。

有时，我想象这样一幅情景：哪天在街上，走累了，跳上一辆三轮车，猛闻一声"老师"，抬眼看，蹬车的竟是张。

几年过去了，我总有意无意地坐上一辆辆"木的"，但盼望的情景始终没上演。不久，因"影响市容"，三轮被取缔，这情景永无可能了。

不知张又操起了什么生计，儿子也该上小学了吧？

1999 年

赵莉：温柔的魂魄

音乐人梁和平在电话里说，赵莉音乐会《芬芳夜来香》将于2009年岁末在中山音乐堂举行，并将演唱目录发给我。这消息给了我一整天的喜悦，相识多年，还是第一次亲聆她的专场。祝贺她，更感谢她，感谢这些年她用嗓音带给朋友们的温暖和亮光。

起初，我听赵莉时，总不由自主想起邓丽君。后来，每听邓丽君，想起的却是赵莉。

我想，若邓丽君仍在，若有机会听赵莉，她一定会潸然泪下。不是因为被再现了，而是她找到了失散的姐妹，一个嗓音和灵魂都那么亲近的姐妹，她不敢相信这是真的，但确是真的。她们是最该相逢的人。

邓丽君之于我，像之于每个上世纪80年代的年轻人一样：犹如早春的风，她给了我们一个全新的青春期，让僵硬的枝条变得柔软、多情，有了甜蜜的水分和汁液；我们在她的歌声中练习爱情，尝试表白；她的歌，不仅是一代人的情书，也是一个时代的精神事件。

多年前，我写过一段纪念文字——

"她适于离情、伤逝与怀旧，适于游子的望乡，适于无眠灯下的昏黄，适于雨滴石阶、人驻窗畔的孤独……她是疾病时代的健康，僵硬岁月里的柔曼，女人中的女人……邓丽君，她使这名字听起来像一记词牌。凭歌声，凭那如诉如泣的心律，我断定她星光般的美丽。她纯洁得像春天，像蝴蝶。躲进她的歌，就像躲进姐妹的长发，躲进母亲的旗袍里。"

上世纪末有个冬夜，朋友指着台上一女子："就是她，大陆唱邓丽君最好的，有人拿她做盗版……"当音乐响起，我惊呆了，简直一模一样，不，不是模仿，不是复制，不是技巧所为。朋友说，她叫赵莉。我说是，我知道她不是邓丽君，她俩只是拥抱了。我听出来了，她更干净，也许为了冲淡时代的苦难与灰色，前者的妩媚成分和含糖量略高，而她更清幽和明澈，亮度更大。尽管如此，彼此的"核"还是太像了，她们拥抱得像一个人。

后来，再听赵莉，我突然明白了：邓丽君是个密码，而她天生就带这个密码，所以很本色即唱出了对方。其实，她只需唱出自己就够了。她们是灵魂的姐妹，精神骨肉是一样的，有着相同的基因。

每回听赵莉，都是在朋友的私人聚会上，没有舞台和器材，所以一直把她的歌当作友谊的赠品，视为生活中的声音。

我多次向别人提起赵莉，我说，她的歌有种露骨的美，从声音的起点开始，一下子就冲进你心的中央，击中你的某个部位，不费周折。我说，在听过的声音中，这是最让我魂魄受惊的一个，你心甘情愿被一缕柔情劫持，并随她远走高飞，她给了你一个节日……你会为掩饰感动或吝惜赞美而羞愧。

精神体质不同，感受有异，至少于我如此。

那是怎样的声音呢？

幽幽的，颤颤的，像丝绸在水中徐徐滑翔，有薄荷的清爽，有涟漪的荡漾，有水草的倾诉……丝丝缕缕，朦朦胧胧，影影绰绰……那份天然、清脱、纯真，不含一丝杂质……那是《诗经》里的水，是和"蒹葭苍苍、白露为霜"有染的女子，是戴望舒《雨巷》里的宁静与惆怅……

除了水，除了流淌，除了倾诉的品质，她的声音里还有一种高尚。不仅美，且美好，美好得让你确信她来自一个非常遥远的地方。

听《童年河》《满地榆钱杏花飞》，听《迷失季节》《山外情人》……你会突然怔住，一动不动，生怕她会消失，生怕漏掉什么，你会静下来，静得像个孩子……于是你被洗过了，被馈赠了。她以水的方式溶化了你的理性，你的坚硬、焦灼和浮躁。她让你变成了一个没有敌人的男人，或一个浑身滚烫着爱的女人。无论对世界有着怎样的牢骚和愤怨，当她的歌吹来，你会觉得空气干净了，会听见漫山遍野的生长与花开，会觉得四下里静悄悄，会驱使你去想一切美好的人和事……你会觉得很幸福，很想对生活大声说谢谢。

歌声消失了，被风吹远了，你还定在那儿，动弹不得。

你会涌起一股怜爱，甚至心疼，你觉得这世道配不上她。

这正是我读《诗经》的感觉。它的纤尘不染，它的人和事，都美好得不可思议，让今人黯淡无光，让当下生活自惭形秽。

其实，这是个最匮乏心声的时代，只有嗓子和器材在叫，只有表情、姿态、手脚而没有魂魄，没有洁白的情怀。

透过所有的歌手和光幕，我看到的都是一代人的精神憔悴、失魂落魄。

我很想用最简短的方式来说赵莉。

我想说，在这个让人捂起耳朵的年代，有机会听听赵莉吧。

听一听风轻云淡、青瓷蓝花的声音，听一听柳叶般的柔情，听一听那带电的安静……

最后，我想说的是谢谢，以被沐浴的耳朵和心灵的名义。

它们被犒劳了。

2009 年 10 月 12 日

它冰凉地躺着

有年冬夜，路过南京，因次日转车，就在站外一个便宜旅馆里歇脚。

陌地的孤寂让人睡不着，便裹了大衣，出门溜达。

冬夜的金陵毫无江南味道。风呜呜吼着，惊起地上的败叶和废纸，打着旋乱窜，还有跌跌撞撞的塑料袋、快餐盒，像失魂落魄的幽灵。天空荡着一股颓废气，无星无月，满眼霉灰，大概要下雪了罢。

我漫无边际地走。隔路即玄武湖了，我想到湖边去，便上了一座天桥。

说不清是根灯柱，还是电线杆，上面飘着张宣传单样的纸，像匹受伤的小兽，发出嘤嘤的泣声。我走过时，风猛地把它刮到我脸上，吓一跳，它很破很旧了，只剩一个角还黏着，看样子已贴了很久。

以为是那种遍布中国的"诊所"广告，但我还是好奇，凑上去，借路灯的昏黄，看清了：寻人启事。一个孩子，一个5岁男童失踪了，母亲（父亲已去世）正苦苦盼儿子回家……乳名、衣着、口音、住址……还有小寸的照片，黑白，模糊，油墨印的。我知道，那女人很穷，没钱去电台、报社，只能这样简陋地呼唤她的孩子。我清楚，以这样的传播途径、图文效果，几乎不顶事。但我还是用力看着，默记下它的每句话、每个特征。我想，不管世人对街头"牛皮癣"如何的敌视和诅咒，可对寻亲，对这些声声断断的泪纸片儿，应该破例一次，换副眼光,在途经这位母亲时放慢步子,凝神片刻。我更期盼那些环卫工,面对脏兮兮的它时,手下留情,存一份恻隐。

它载着一位母亲的梦和命,载着一个女人对这世界最大的指望。我清楚它的分量,它的巨大和神圣。

每个孩子,都是时代的孩子。一位母亲丢了骨肉,就是一个时代丢了骨肉。时代应和那位母亲同等焦急,并有义务和天下母亲一道找回自己的孩子。否则,就是失职,就该羞愧和忏悔。

有时候,乞求和控诉是一回事。

我默默为它的前途祈祷。我想,只要这样的纸片仍在飘零,那些对时代和旗帜的赞歌,就是虚伪的。

离开十几米,即要下桥了,忍不住扭头。心咯噔一紧,它没了!夜色中,但见一个白点,像一抹羽毛,缓缓坠落……我惊叫着,返身冲去。

它冰凉地躺着,在水泥地上,旁边一摊污水。

寒风中,它蜷着身子,发出粘连不清的呜声,像个抱着膀子瑟瑟发抖的乞儿……我一下子想起了什么,安徒生童话?圣诞夜沿街卖火柴的小女孩?我被揪疼了。是啊,再过几天,就该过年了。

我蹲下,捧起,将皱巴巴的小脸仔细抚平。感觉一双细细的手,伸向我,伸向一个北方来的人。我两手空空,有何本事呢?和那双行乞的小手相比,我不过是个成年乞丐罢了。

四下张望,远处有卖馄饨的小摊,正拾掇棚子,看样子要收了。我走过去,买下一碗,尝一口,开始喝,喝到只剩最稠的一层底儿,停下,嘴里一股苦味儿。我摊开那纸片,在它背面涂汤疙瘩,风很快将它吹干了,再涂,终于发黏,黏糊糊了……

我托着它,一步步朝天桥走,找那根杆子。

一个路人只能这样了。

几年后,在一家酒吧,听苏芮一首老歌——

"亲爱的小孩,今天有没有哭?是否让风吹熄了蜡烛,在黑暗中独自漫步……亲爱的小孩,快快擦干你的泪珠,我愿意陪伴你,走上回家的路。"

啤酒泛着淡淡的苦味儿,想起那碗不冷不热的馄饨,想起冬夜天桥上那张哽咽的纸片。是啊,亲爱的小孩,今夜你在哪?是否有温暖的炉火、丰盛的晚餐、美丽的衣服、好看的玩具……

母亲,时代将你的孩子归还了吗?

1997 年

海岛·寂静·居住

> 不能普及的美不是美。
>
> ——题记

1

关于居住，我的梦想是一张明信片：海礁，寂静，贝壳，蓝天，白色砖木房，干净的风，清澈的光，一片会呼吸的草场。

矫情，是不是？

但没法子，我的梦——无指望的梦，就是这么个酸溜溜的样子。我也不明白，为何一边看来极简单朴实、生机勃勃的东西，到了另一边，却显得矫揉造作，蹩脚如"原始礼品坊"的摆件（比如毛利人骨饰、印第安耳环之类）？

去过许多海边，每次都失望，我认不出心中的大海。不错，是海，可不是大海。格局狭仄，神情拘谨，气象太小；天空垂吊下来，低低的，水面拥挤得像个集市，被养殖网和浮标瓜分成了池塘；没有自由辽阔之感，没有坦荡清爽的味道……肺里老觉淤堵，打不开。被那些导游小旗和珊瑚贩子的目光包围着，我恍然大悟：这哪是大海？不过是大海的复制品和赘生物。

有时，在屏幕或画报上，忽发现一处和梦想酷似的地方，比如新西兰和澳洲的小镇、太平洋或大西洋深腹的小岛……但很快，惊喜就变成了受伤，因为我难接受"异地"事实，我希望周围充满自己的同胞、熟悉的母语，一样的黑眼睛黑头发，一样的人和事。

现在，我睡觉的地方是这个城市最嘈杂的"肺"。汽车喇叭、烟尘、广告、人潮和物流量都是最大的。我已失眠多年，直担心某一天，我会为耳朵失去寂静、眼里飞不进一只麻雀而发狂。

我居然在一个麻雀都不愿呆的地方一呆即10年……想完了便苦笑，你有何特殊呢？10亿人不都这样吗？

若每人都能为居所提一项小小要求的话,我的奢望是:住在一个麻雀住得惯的地方。麻雀能活,我就能活。麻雀能睡觉,我就能睡觉。

我不理解，这个世界上，一面是其他生物的日子越来越难过（如今，植物的灭绝速度为每分钟一种，动物为每天一种），一面却是人的生活自觉一天比一天好？人的幸福究竟以什么为价值标准？仅仅以物的生产量和消费量吗？

我担心，若有一天别的动物全不见了，那是否意味着人之大限？当其他生灵都活不下去时，人恐怕也难活了罢。

2

迷人的景色，我希望它来得自然、简朴，不是以商品和珠宝身份、而以在野的平易状态接受民间的亲近和消费。

光阴不可逆，很多事物无法唤回。比如"山清水秀"，作为普遍的自然美学，它已不复存在，仅剩的余量作为稀缺资源，只能走竞价和拍卖路线被收藏，或倾注高昂资本、以临摹方式复制，尔后以奢侈品面目上市。总之，它的归宿是资本化和私有化，这就变了味，品质、身份、功能、途径，都变了味。

不能普及的美，不是美。

倒退20年，有些梦压根不是梦，它太普及、太便于兑现了。比如"人行明镜中，鸟度屏风里"的居住空间，是无须花一分钱的。童年时，我在沂蒙山区一个小镇呆过，现在想起真是美极了，我对朋友说，等有条件时，很想在那大山深处置一处庭院，在半山腰上，果树丛中，清溪旁边。我向朋友描绘那儿的景色：满山遍野的梨花、迎春、杜鹃、紫丁、黄杏、红柿，还有布谷、喜鹊、山鸡、灰鹳、老鸹、大雁，还可放羊、赶牛、喂驴（儿时我最喜欢驴驹，光溜稚憨的小驴驹，真希望有朝一日能再和它一起撒欢，一起汗流浃背，像朋友一样，躺在草地上喘气）……我毫无夸张，儿时的情景就是这样子。

但两年前，我去看那片山时，差点哭出来，全变了，全结束了，我一点认不出它了：树稀稀矮矮，个个瘦得营养不良；河渠早已干涸，坡上坑坑洼洼，石灰窑、砖瓦窑冒着白烟，村头池塘被填平盖了乡政府……

我后悔见它了。否则，心目中的故园就不会褪色，记忆里的溪虾也不会蒸发。当地人尚嫌改造不够彻底，他们指指点点：这儿要建一个水泥矿，那儿建一个石材厂，那片山全是大理石，这边再修……我吃惊地望着儿时伙伴。但很快，我为自己的想法感到羞愧，我怎能把文人的一点诗意架于乡亲的清苦之上呢？

这是痛苦的心情。我没理由责备谁，没能力让青山绿水与丰衣足食并行不悖，没资格将自己的审美强加于人。我只是心疼，无言的失落，为苦难，为生计，为生产力，为各自的梦和价值观。

时代走得太快，走出太远了。我跟不上，也不想紧跟什么。史上恐怕没有几代人，像我们这样——没等长大，没等返乡，童年的环境、记忆中的山水，就再也找不回来了。我想起沈从文，他多么幸运！相隔几十年，儿时的故土竟一点没变，那个叫"凤凰"的边城真有定力，大凡美好的东西一样没少，那么多熟悉的风物，那么多老人，竟在原地等他。

我属于不幸过早怀旧的一代。

3

　　当然，只要有钱，仍可得到你想要的。前提是，钱须多到令人瞠目的份。美景资源太有限，想亲近和占有的人又太多，只好竞拍和悬赏了。它再也不是大众消费品，再也不是布衣之物，而成了镶金边的连衣裙，戴安娜和梦露的连衣裙……在我今天的祖国，像我这样劳作的人，是注定掏不出那笔钱的。而且还有消费信仰，比"我有一个梦想"更重要的是"我有一个原则"，根据这个原则，我任何梦想的实现都不能以优越和凌驾于大众平均福祉为前提。我渴望富有，但应是一种普及的富有，而非少数人独享的优势；我喜欢高贵，但不愿通过成为贵族以求高贵；我珍视尊严，却厌恶居高临下的尊严……我认为，若一个人的梦想要以客观上杀死许多人的梦想为代价，那这样的梦想还是没有的好、自灭的好。在一个每平方米地皮需安置5个人的年代，若有人占据几百、几千平方米的豪地，意味着什么呢？这是个可敬的人吗？这样的幸福值得夸耀和推广吗？

　　一个书生，一个穷人，即使有这样那样的委屈和不快，但毕竟灵魂尚自主，人格尚清白，精神上尚有一间大房子，某种意义上，生命舒适度并不亚于那些豪宅之人。我发誓，我将永远以平民的名义栖息、行走、劳作一生，永不会择取一种超出正常水准的资源配置和消耗方式。作为人，应照顾其他人；作为动物，应体恤其他动物。否则，既不是一个高尚的人，也不是一个高尚的动物。你既挤压了同类，也欺负了异类。

　　虽然，这样的许愿对一贫穷者而言，有空头支票之嫌，但我确实这么想。

4

有人说，科技是伟大的，时间是伟大的，生产力是伟大的，它们将帮人类实现所有梦想。我说这是胡扯。因为，再伟大的生产力也只是消耗资源，而非创造和再生资源。

谁能把消失的森林、江河、绝种的动植物唤回来？谁能把丢失的童话、诗歌、心灵再找回来？

18岁时，我最喜欢的外国诗是这样一句——

"临别时，特纳力夫的一位土著少女

把她的一个海岛

送给了我。"

（注：特纳力夫，大西洋一个原始群岛）

天哪，天下竟有这等事，竟有这等美丽的赠予和慷慨？

我羡慕，更怀念。怀念那个天真烂漫的场景，那个自由而辽阔的时代，那群海豚般简单而光滑的心。我一直忘不掉这个大西洋上的故事，忘不掉那份伟大的礼物。

我一直贪婪地遐想那个海岛，遐想上面日日夜夜发生的事。

我想，换了我，会怎么办呢？留下来做一个土著吗？若不能，我会回去看它吗？许多许多年后，我会不会因突然爆发的思念而泪流满面？

我的海岛，你好吗，长大了吗，有无人欺负你，商议出卖你？若有人登上你，赖着不走，我该不该像救海伦那样，发动一场特洛伊战争？

我不会忘，有人早把你许配给了我。

给了一个不负责的现代人。

2000年2月

1976 年的孩子

我 3 岁那年，当医生的父母被下派农村，一个叫"裕"的人民公社。

在那里，我几乎耗去了整个童年时光。

气球

每到初夏这个节眼，天上就会飘来一些奇怪的气球。

听大人讲，是从台湾那边顺风过来的，气球开始很高，可架不住路远啊，飞到这儿便精疲力竭，碰巧山多峰高，撞上即天女散花了，花花绿绿的啥都有：传单、标语、小册子、衣裳……还有小孩子眼红的饼干。

据说，有人捡回一个黑匣子，塑料的，巴掌大，开始欢喜得不得了，很快便怕了，疑心定时炸弹，跑到公社武装部交了，武装部也怕，连夜送到县上，县上一看便笑了，原来是架收音机。

还有件让本地人丢脸面的事：那年，一个放牛汉在半山腰捡了包硬邦邦的干粮，碰巧人饿了，就着泉水，狼吞虎咽啃个精光，抹抹嘴往家走，走着走着便挪不动了，肚子胀，口也渴，便不停喝水，竟给活活胀死了。事后，公社喇叭称这干粮是压缩的，且喂了毒，吓唬社员捡了东西一定要交公。

我在小学校也见过不少,农娃去山上薅草或放羊捡的。有一种彩色小卡片,很漂亮,印着山水风景、汽车洋楼,还有蚯蚓一样的字母(多年后,当我第一次看到明信片,惊呆了,原来就是它啊)。孩子们不舍得交,藏起来当宝贝,还贴在墙上当年画,比门神好看多了,有的家里还用来糊鞋衬……为此,公社还专门到学校开大会,贴了好多"提高警惕保卫祖国"的标语。

我8岁,听不懂"阶级斗争"。在我心里,那些气球一点儿不可怕,反觉得很神秘很亲切,像童话里的魔袋,咒语一念,要啥有啥。

直到一件事儿改变了我的印象。

卫生院有一姓林的,不知怎的,突然举着一枚青天白日徽章去了武装部,愣说是在我家发现的……结果,父亲被停职,公社派人去老家政审。不久,姓林的酒后说漏了嘴,那玩意儿是他自个儿捡的。

我第一次对那些神秘气球有了敌意,觉得它们是些不祥的东西。一个晚上,我偷偷钻进茅房,将辛辛苦苦攒的卡片丢进便池,再不沾来自气球的礼物。

不过,气球依旧在每年那个节骨眼准时来,成群结队,大雁似的。

田间的社员依旧兴奋地撂下锄,手搭凉棚:嘿,那儿!那儿!娃崽们更是大呼小叫,撒开欢往山上跑。每到这会儿,我身上总痒得难受,心里空落落的,鼻子发酸。我多想跟着跑啊跑,越过所有的孩子,跑到离云彩最近的地方,拥抱那些美丽而有毒的诱惑。

1976年,封闭的大山里,对一个孩子来说,那气球便是他唯一可触的"远方"了。在他眼里,它们有着不可抗拒的魔力,那么神奇,漂洋过海,像一个个梦……

它们代表"外面的世界",代表很远很远的另一个地方。

远,就是美。

多年后,在京沪线的一趟列车上,我意外地遇到一位儿时伙伴,这个当年在追气球赛跑中总是冲在最前面的光腚猴,正在这趟车上当列车长。惊喜之余,我问:现在还有气球吗?他一愣,似乎没懂,等我比画一番后,他笑了,早没了早没了。

他突然敛住笑,眼圈发红,说:那么远的事你还记得……

同桌罗柳青

她本来啥也不叫,无姓无名,村里人只唤她"妮"。

这不是个名,大人管每个女娃都叫"妮"。

罗柳青,是妮10岁才得的名。被送去上学那天,校长给起的。

罗柳青没有娘,只有爹。

是干爹。听人说,干爹本是个货郎,就是摇着皮鼓走街串巷、吆喝拿破烂换针头线脑的小贩。干爹不仅穷得叮当响,身板还有缺陷,是个"罗锅",也娶不上媳妇。有一年,"罗锅"在山沟里赶路,听有哭声,寻声去找,见一女婴,便抱回来当闺女养。

弃婴在当地很平常,孩子大了也不会有人来强认。一来因为穷,特别是女娃,认了等出嫁时还搭嫁妆,不值;二来穷人家还是讲良心的,你替他们收养孩子,逢年过节总要朝你家方向磕个头,一辈子不会捅这层窗户纸。

于是,"罗锅"再走村时,挑子上便少了头筐货,多了个会哭的娃。乡亲一听见娃哭,便知货郎来了。"罗锅"心肠善,人缘好,村里人听见娃哭便端碗粥汤出来。

妮长到7岁,"罗锅"突然生了场蹊跷的病,碰巧公社新添了卫生院,一诊,是麻风。乡亲这下怕了,都说这病没治,还传染,村干部一商量,决定让"罗锅"留下孩子,自个儿搬山上去住,有间守林的茅屋闲着。

"罗锅"很通理,立马应了,只是舍不得妮,便跪下求乡亲帮着照顾,大伙也跟着抹泪。临走,"罗锅"朝村子磕3个响头,石头都红了。

妮很孝顺,隔三差五溜上山见干爹。干爹开头还欢喜,后来变了,见了妮便骂她走,实在不行就动手,打完再将手狠劲撞墙,妮疼爹,只好哭着跑下山。后来,妮捡了一狗崽,叫大黄,等大黄稍大些,妮便支使它去看爹,顺便在大黄脖上拴块芋头煎饼啥的。

大黄通人性,妮给爹的东西总一样不少,爹掰它块煎饼也不吃。妮每天给生产队割牛草,挣半个工分。

6岁那年,父母送我进公社小学读书。报名那天,我见妮背草筐蹲在墙角,一旁趴着大黄。是乡亲们动员了干部让她来的,大伙说,咱得对得起"罗锅",这孩子命苦,10岁了不识字咋成?管她头午上学过午割草行不?

轮到妮报名了,可连自个儿姓啥都不知道,羞得她老拿柳条抽草筐,校长打量了妮一会,呵呵笑了:就叫罗柳青吧!罗锅的罗,柳树的柳,青草的青!

于是,我有了同桌罗柳青。

罗柳青是我见过的最瘦的女娃,像一棵绿豆芽,走起路来飘飘的。她只上一年级,直到我上三年级并离开那个公社,她还上一年级。不过那时她已很少上课了,偶尔背草筐来学校站一会儿,身后是脏兮兮的大黄。

罗柳青上课老瞌睡,碰得桌子咚咚响。她背书的声音又细又尖,像一只蚊子在肚里叫。有次,她的一颗牙掉了,满嘴是血,老师说:拿来!可她忘了吐哪儿了,全班人一起趴下找,愣没找着。老师狠狠地嚷:牙是牙根掉下的,牙根连命根,要是给长虫(蛇)舔着了,人就没命了。

罗柳青吓得呜呜哭,怎么哄也不中。我回家告诉了父母,母亲说你送一本田字格给她吧。其实我早就送了,上学第一天就送了。我总共送了5本田字格。

不仅送了田字格,还送了一块黑袖纱。

那年,周总理逝世。整个公社都在哭,大喇叭从早到晚放哀乐。

晚上,卫生院的大人们围着汽灯做纸花,缝黑纱,母亲也给我缝了个小号的。我求她再缝一个,我猜罗柳青肯定没黑布,要是明天全班都戴了黑袖,唯剩下她,她多伤心啊。

第二天,除了老师,全班就我一个人戴了黑袖。第三天,戴的人又多了几个,但罗柳青比他们都早,她是全班第二。

"罗锅"死那年,大黄也死了。

它是被武装部用步枪打死的。那年春,村里传言出了"疯狗",家家户户都把狗拴上,不让出门。那天,大黄来学校找主人,与民兵们撞个正着,大黄傻,不躲不叫,闷着头迎上去……

罗柳青抱着浑身冒血的大黄晕了过去。大婶们气不过,搭了伙骂街,骂"哪个丧良心的瞎了眼,狗都不如……"

父亲也念叨那条狗。

父亲常背了药箱去给"罗锅"打针,赶上夜里,一路"护送"父亲的,便是大黄。父亲说,开头还吓一跳,以为是狼呢。

若狗也分族群贵贱,我想,大黄是最像"穷人"的狗了。莫非它来到世上,就是为了陪主人过天下最苦的日子?

我几乎从未见它叫唤或嚼东西,嘴永远闭着,像没嘴一样。

吃公家饭的

我不是社员的孩子,按当地说法,是吃"国库粮"和"公家饭"的。在那个清一色贫下中农的地盘上,我为自己的身份倍感耻辱。

那些敢于光腚墩的农家娃,一年四季脸上挂鼻涕——在我眼里,鼻涕简直是贵族的族徽。虽然在学籍的"出身"栏里,我填的也是"贫农",但这"贫"比起人家的"贫",简直就是赝品。

鼻涕,简直让我羡慕死了,好不容易自己生养出一点,母亲总要"除四害"一样及时灭掉,烦不烦?农村娃似乎也意识到鼻涕的分量,对这黏糊糊的东西很爱惜,竟宝贝似的变出些戏法:让鼻涕尽情地夯拉,夯拉,如大象鼻子威武地甩来甩去,眼看到嘴边了,猛地一吸,嗖一声……再比如，让鼻涕黏在指尖上，绕几圈，猛一弹，便皮筋般射出去，一道亮晶晶的弧，有时命中黑板，有时命中额头（比如我的额头）。

我偷偷练过这技法，没成，大概鼻涕黏度不够罢。现在想，那会儿，山里娃实在没啥乐子，这也算玩具一种？

我"吃公家饭"，在学校就成了"极少数"。虽然同样的异类还有几个，可大家都忙于崇拜周围的"大多数"，顾不上结伙。班上的异类就我一个，所以处境很不妙——

上课的序幕很隆重，老师先挺胸喊"上课"，班长以洪亮的声音叫"起立"，老师转身，仰望黑板上方的一溜领袖像（画像常变，有时马恩列斯毛，有时毛主席周总理华主席，有时就剩毛主席），带头呼"伟大领袖毛主席万岁"，再呼"向伟大领袖毛主席鞠躬"……就在鞠躬的当儿，我的板凳上便多了块坷垃头，或草蒺藜、墨水瓶之类的"地雷"。所以，我对"向伟大领袖鞠躬"这事儿总心惊胆颤。

我常怀念和罗柳青同桌的日子，大概就这原因。在我印象里，班上唯一不欺负我的便是我的同桌，她常在大伙鞠躬的时候不鞠躬，而是猛一甩头，看是否有人害我……我打心眼里佩服罗柳青，不仅是得到了保护，更因为她竟敢不向毛主席鞠躬。

我绝对不敢。好在老师也不敢，所以她的事从未被发现。

一天，学校请村里当过兵的老汉来上"忆苦思甜"课，他在忆苦时，说"想当年，红军打日本鬼子……"我在家常看小人书，对革命队伍、敌我名称很清楚，便不知天高地厚地嘟囔：不是日本鬼子，是白狗子……这下闯了祸，下面哄堂大笑，鼻涕从四面八方飞来。一放学，我便被几个大班生围上了，罗柳青突然冲过来："欺负人？他爸是好人，你们谁没让他爸瞅过病？说啊，有本事说啊……"大伙呆住，她是村里最穷的，她的话最代表穷人，只好听她的。

最让我为"吃公家饭"羞愧的是那件事——

学校下了任务：每个人捐5分钱或一个鸡蛋或两个核桃，支援公社建设。第二天，大伙把东西掏出来一亮，我傻了，多丢人啊，人家都是一个鸡蛋或两个核桃，只有自己手里是一枚锃亮的钢镚。手一松，钢镚在地上蹦来跳去，发出刺耳的声音……大伙吃惊地望着我：你，使钱？

那天，快放学时，罗柳青才风风火火闯进教室，边擦汗边摸出一个很小的鸡蛋，椭圆的，不太像鸡蛋，还粘着少许血丝和绒毛。她告诉我，为这个蛋，她整整在鸡窝旁趴了一上午。你摸摸，还热哩……她执意要我摸。

我不敢摸。至今，我仍记着它的壳那样薄，那样软，纸一般。

我再也没见过如此脆弱的鸡蛋。

刘老师

新学期，来了个女老师，姓刘。

刘老师很年轻，看上去和那些该叫姐姐的人差不多。刘老师是县城来的，教我们语文和唱歌。刘老师还把县里一架脚踏风琴给弄来了。

我们都喜欢刘老师上课，喜欢她的嗓音和酒窝，更惊叹她的手指，在黑白键条上轻轻一抹，就流淌出那么美的声音，还有她来回摆头的姿势，像海浪一样，那时我还没见过大海。大人们都夸刘老师长得好，像电影里的人。

很快，刘老师成了学校的骄傲，成了公社最出名的人。夏天，刘老师是全公社唯一穿裙子和用手卷扎小辫的人。

刘老师宿舍前有一棵大榆树。一个周末，我到校园里玩，忽见一个人正踩着凳子，用竹竿够树上榆钱，见有人，她慌忙跳下，竟是刘老师。刘老师的脸刷的红了。

学期开始，总要发新书。当时有个习惯：新书发下，第一件事便是用结实一点的纸包封皮，到学期末，书面还是新的。有件事便和这包封皮有关，也和刘老师有关。

过去父母都是用一种作废的医疗挂图替我包。那种纸，正面是人体的生理解剖图，尽是些手臂、血管、心脏啥的，背面则光滑、挺括、白净，包出来的新书漂亮极了。

　　这回不知怎的，新书发下几天了，还没包好，母亲说等等。终于，新书包好了，和从前一样漂亮，但奇怪的是，封皮的折角被糨糊粘死了，也就是说，除非将书皮扯破，不然拆不开，母亲说这样牢靠。

　　出事了。

　　那天下午，学校大扫除。大伙去池塘抬回了水，在教室里泼起来，地面是土夯的，凸凹不平，水一浇，有了水洼。冷不丁，我的书包被谁蹭了下，掉地上，我惊叫，晚了，书皮上全是泥水，滴滴答答……我不知所措，眼泪在眶里打转，有人喊：扯书皮，快扯！七手八脚，书皮被扯下，突然，大伙惊呆了，我也惊呆了：内面是一种妇产科用的挂图！甭说大伙没见过，虽然母亲在妇产科上班，我也从没见过。我又羞又恼，上前去抢，一片哄笑，书皮在天上飞来飞去，昏天黑地中，我和无数个身体缠在一起，摔倒在地。

　　刘老师跑来了，气喘吁吁，沉着脸：拿来——

　　刘老师胸脯剧烈地起伏，将东西展开，脸嗖的红了。

　　所有的脸都红了。我们耷拉着头，不敢看老师。

　　后来，我就第一次坐在了刘老师的宿舍里。

　　在那儿，胳膊肘被抹了红药水；在那儿，书又有了新外套，那是我从未见过的一种画报纸；在那儿，我还单独听了一首歌……我还闻到了一股淡淡的香味儿，但不是雪花膏。

　　许多年后，一个偶然，我同母亲聊起这事。母亲很吃惊：你还记得？

　　母亲说，刘老师第二天就来家访了，担心你心理受影响……

　　"真是个好孩子哩。"母亲幽幽道，不知是说我，还是说刘老师。

　　刘老师只教了一年多就走了。据说考上了大学。

　　音乐课停了，学校没人再会弹那架风琴。

我们问老校长，刘老师上完大学还回来不？校长若有所思，呆呆看天上的云……末了，他舒口气，轻轻说：刘老师有出息哩。

1998 年 6 月

shidangan

诗 档 案

舞语：你是你的爱情，你是你的宗教
——与舞者津子对话

"我们都是那活着的死者。"
我们沉痛由久。
你是你的监狱，你是你的葬礼。
你是你的侏儒，你是你的暴君。
你是你的疾病，你是你的假象。
因为不甘心就那样活，不甘心像死了一样活着。
于是，我成了舞者，不顾一切。
我要跳，要有生命的动作。
否则，我怎么知道我活着？
她说。

一个人的身体有多少敌人？
她说。

不要在尸体里居住。
不要驮着假肢生存。
你知道，改变身体的命运多么重要！
它的现状就是灵魂的现状。
它的遭遇就是精神的遭遇。

它自由了,人才自由。

多少身体在昏迷中,多少身体尚在服刑?
多少身体盛满谎言,多少身体趴满蛆虫?
我们是自己的看守。
我们是自己的囚徒。
生命的本来和真相,大部分人都忘了。
我们蒙在鼓里,浑浑噩噩。
我们混迹在人群中,装作从不认识自己。
人群是人的坟墓。
我们在枯萎的光阴里生了锈。
我们在守口如瓶中成了哑巴。

生锈,因为空气太脏。
因为身体里有了制度、禁忌和障碍。
因为血液中有了螺丝、铆钉和约束。
她说。

我跳舞,我活着。
若你丧失了身体支配权,
若你连四肢都被占领了,
被格式化、集体化、仪式化、章程化了……
还叫活着吗?

一个人,一群人,一代人。
被骗了多久?
还要骗多久?
跳舞,就是把被掳掠的自己抢回来。

就是还原生命的真实身份。
就是恢复事物的本来面目。

一个人,怎样才能把自己送回去,
还给你自己?
要做多少减法,才能去掉你的虚伪、你的形式?
要用多少清水,才能洗掉你的妆,露出你的真?
要抚平多少皱纹,你才变回一个孩子?
知道吗,你很垃圾。
你是你的替身。
你是你的赝品。
你是你的老人。

身体收容所有的秘密,
所有的隐晦和艰难。
痛苦、欲望、屈辱、挣扎、纠结、焦灼、暗想……
高尚与卑鄙,绚烂与腐败……
如今,她要开放,
她要献出自己。
就像花朵,献出蕊和粉。
像大地,献出它的矿石。
越是不自由的土地,
越是惯于沉默的人群,
身体的暗屉越多,垃圾也越多。
她说。

身体是牢房,也是旷野。
身体是地狱,也是天堂。

身体是异乡,也是故土。
人生,就是身体的故事。
她说。

舞,即一个人恢复自由之时。
即脱开一切绳索,心灵奔向高潮。
即敢于赤裸,敢于真实,
不再惧怕、隐忧、欺瞒。
那一刻,你可倾吐一切,
尽情地绽放,尽情地飞。
你是你的光芒。
你是你的彩虹。
你是你的爱情。
你是你的婴儿。
你是你的祖国。
你是你的领袖和人民。
那一刻,你就成了全世界。
那一刻,你就是你的宗教。
你的神圣。
我在哪里,舞台就在哪里。
她说。

舞是内心的,是受了灵魂的驱使,
有束光在召唤,你情不自禁,顺应了它……
你就成了舞者,成了自己的诗。
若身体的理由不够,冲动不够,
真相不够,
若你不够强烈,不够轻盈,

你就不会跳舞。
当你内心升起了独白，
当你忍不住想跳，实在想跳，
就是灵魂出动的时候。
你要把身体完全打开，
交给鱼贯而入的阳光。

"你们是天使"，
她对跳舞的孩子说。

我们本是婴儿，是天生的舞者。
是树叶，是风，是光与露……
她的哭，她的笑，
她的随心所欲，手舞足蹈，
她不撒谎，不掩饰，不设防，不折叠，
她不含任何敌意，
她没有一丝的妆，
她是最纯的花。
婴儿，是一生的高潮。
她说。

两只手，两条腿，不叫人。
只有起舞的时候，才像人。
什么是舞？她说。
舞，就是动。
绝对的、倾巢而出的动。
舞，就是生长，
漫无边际。

舞,将世间的复杂归于零。
归于本能和自由,
归于纯粹与天真。
你会吗?
当然会!
只要你活着,只要你有心跳。
每个人都会,只因你慌张着成熟,你忘了。
每个人都会,只因你热衷于模仿,你丢了。

向婴儿学习——
学习简单、干净、轻盈、率性,
学习情不自禁、忘乎所以……
向旷野学习——
学习激情、独白,学习无技术的动作
和经验之外的常识……
她说。
这是一生的功课,一生的修行。

我在哪里,舞台就在哪里。
她反复说。
水在笑,风在走,山在呼吸……
一个人光着脚,在跳舞。
一个灵魂在洗澡。
一个月亮在洗澡。
我活着,我跳舞。
在仙人掌的刺上跳,
在草叶的脉络上跳,
在露珠的晶莹上跳,

在河流的闪光上跳,

你什么都是,什么都不是,

没有程式,没有格局。

当你扔掉了形骸,

脱掉了绳索和封条,

你就成了舞者。

只有跳舞,我才不绝望。

她说。

只有在舞蹈中,我才认出你。

我们才第一次遇见。

如果生命有个节日,

有个复活节,

那你一定是在跳舞。

只有跳舞,灵魂才能找到你。

你才像你自己,

才成为你自己。

她说。

你要跳舞,

如果你渴望自由,到了悲愤的地步。

你需要力量,

而你自己就是力量。

只是你平常不敢用。

因为大家都一样,大家需要都一样,

都装作若无其事。

让力量醒来的最好办法,

就是跳舞。
你要跳舞,
你要脱胎换骨,像蝴蝶从茧子里飞出。
如果你死了,还没有跳过,
那是最悲伤的事。
因为你还没活过。
因为你的身体里,还没住过诗。

舞的意义,不是思想。
甚至不是美,
是自由!
最辉煌的舞蹈动作,
一定是情不自禁,
一定是忘乎所以。

舞的本质,不是叛逆。
相反,是忠诚——
对生命的忠诚,
对灵魂真相的忠诚。

来看我之前,希望你是孤独的。
舞是孤独的产物。
她说。
对话,就在一瞬间。
舞,不负责解释,
没有答案,没有果实。
唯一的情形可能是——
每个人在看完了之后,

都领走了自己的孩子。
手牵手。

说什么都没有用，
来吧，让我们跳舞。
跳舞，会让你慢慢知道一切。

请你分享我，
从我的水面上滑过。
像石子，像风……

请在你身体上画一扇门，
让一个舞者走出来。

原谅我的语无伦次。
是跳舞，让我如此自由，
如此肆意。

2010 年 11 月
为北京现代舞团成立 15 周年纪念而作

夏天正午

一只闹钟正在紧张地午休
一只灰蛾四下里散布谣言

雪糕的叫卖声超低空飞行
她将夏天切成一个个小块
喂给孩子们吃

古龙的武侠书里
我崇拜的英雄
正牵着驼铃
穿越沙漠和五十个民族
我最羡慕的是葡萄、公主、酒
夜光杯,女扮男装
和人工降雨

扔掉书,走向阳台
楼下是幼儿园
院里空荡荡
只有一个孩子在骑木马

梦游似的
这孩子一定是偷偷溜下床的
一定想趁同伙都睡了
独享这匹马
他真聪明
像我小时候

踮起脚尖
我突然踌躇满志眺望起南方
眺望 1997 的香港
炎热的香港
那个有摩天大楼和廉政公署的地方
那个让周润发冒着枪林弹雨的地方
那个可以自由出卖肉体
却无须出卖灵魂的地方

冷不丁发现
那个骑木马的孩子
丢下木头
骑马走了

我被他晾在了阳台上
像一只衣架

1993 年 7 月

一座什么样的园子

这园子终年散发垃圾的味道
从清晨到日暮,采不到鸟的光芒
只有溃血的卵躺在餐盘里
阳光是真实的,肮脏的枯藤是真实的
空气中冷冷的蛛丝是真实的
没有风,叶子上的毛虫昏迷不醒

这么漂亮的孩子
不该乞讨
不该为一枚硬币受宠若惊
不知为何,我隐隐觉得
他身上有徐志摩的影子

这么美的少女
不该天天躲在阁楼上
不该为没有裙子仇恨夏天
换一个家世
她也许能成为张爱玲
或林徽因

从清晨到日暮,你看见
叹息一生的人什么都没留下
你看见
捡破烂的人变成了一堆破烂
吃西红柿的人变成了西红柿
你看见,你又看见
那个高大英俊的人被奇异的花粉毒死
自暴自弃的少年沦为一只可怕的蟋蟀

你看见蜥蜴伏在比它更大的阴影里
形状像一条谣言
你看见蚊子妖冶地舞动长腿
她的吻可真丑
你嗅到一股凶杀和饕餮的腥味
一只大鸟闭目在灌丛中
不知死了,还是睡了

你看见一个塌鼻子女人推婴儿车走来
无精打采,嘴角可疑的黑痣
猜想她正被病毒折磨着
你看见饥饿的艺术家
用刀子摘下耳朵
一半充饥,一半喂狗

这园子终年养着粗野的蘑菇
近亲繁殖,嘴唇交配
它们把草、菜叶、粪便
全吃光了

你怀疑这园子秘密埋着什么

腐烂的坛子

或一场瘟疫后的尸骸

                        1994年6月4日

冬天：黑白画

1

为了看清少女动人的脸庞
为了握住相互伸出最近的手
最后的诗人跛足狂奔
掠经每一扇窗户都闪过痛楚的冷漠
呼出每一个名字都听见错误的回音
大雪的夜晚动荡不安
意志的铁轨一贫如洗

那么，茫茫冬天
除了弥漫的雪花和热腾腾的呼吸
我还能挥洒什么呢
肥皂泡填满情欲飞来飞去直至撞灭
渴望付出的汗水已白白流去
除了这片皑皑浅草
肯让我留下无辜与清白
我轻如鸿毛的誓言
早已被大地忘却

这么寒冷的花儿也算得上鲜花吗
满眼溪流悲凉
愿望如刀割
我憎恶任何形式的幽默

2

当无人能拯救你的时候
你还会遇见谁

思想，您一直在注视我吗
除了您，谁还会这样看着我
我明白您缄默的嘴唇从不会为谁说话
包括距您最近的人，最向往您的人
我只有退回现实清醒的墙壁
重新站好
正如生命甩不掉体重
水同时给了鱼自由和牢房

思想，您一直不动声色关注我吗
像须臾不离的爱
我看上去是不是比雪花更空虚
您想维护我吗
希望我和您一样在春天之前
先默默忍受吗
暗地里，您会派某种东西来接我吗
比如一封信，一首寓言
或一辆深夜的自行车

在笔直行走之前

西西弗斯神

请教会我怎样去搬动那些巨石

请用您不朽的指头抵住我的脊梁

抬望山顶我要用山顶的声音喊

——

来自理想的厄运正深深满足着我

打击我的力量就是我的力量

冬天的幕后,你在哪里

我不怕离你这么近

寒冷的用心是磨砺还是消灭

我无法猜测

但可以忽略

3

手捧洁白的花束

我表情肃穆

看上去性格内向

但冬天,我仍不失一个真心爱过你的人

一个向你致敬的人

依如上帝你们都是世间伟大的存在

尽管我骂过你,恨你

以痛苦的方式

诅咒过你

就像出生在一个罪恶的家族

一个早熟而失去快乐的儿童

每当我看见夏日粮仓
被乌鸦啄食一空
看见英雄的眼睑
滚出了鲜红的血
看见一句正义的话被缉拿
甚至割去舌头
所以我要骂你,忍不住破口大骂
就像你已早早来到我们中间
默默聆听

冬天,我是你的财富
骂你的人是你的财富
你要珍惜
就像鹿身上的梅花

1992 年 12 月

快乐的人们

快乐的人们
眉飞色舞
在空气里画个大大的圆
——这叫梦

快乐的人们
不管去哪里歌唱
都是远方
无论在何处醒来
都是清晨

快乐的人们
最终发现
梦是假的
梦中的欢乐
却是真的

1988 年 7 月

一个人在路上

闪电来自天堂
闪电照亮大树
羽毛被罡风劫走
沙石里掩埋累极的麻雀

闪电迅速揭开
一张熟悉的脸
斯人只身携带诚实的风雨
没有神佑,没有天降大任的预言
没有闻讯赶来的援手
连一粒冷冷旁睨的寒星也已沉匿

闪电,接着又是闪电
暴雨如注
骤然撕裂的真相几使双目无法睁开
几使黑夜变成一匹瞎眼的兽
暴虐的洪荒
黑衣人的夜
这是最后一头雁的逃亡

这是一个怀揣丹瓶的道士在意念中求生
这是一条肋骨在与自己的事业苦苦相撑
屡败屡战

一直走下去
即天亮了
命运都是泥土做的
斯人漫不经心地笑

深夜的树总很少
离开这一棵
还要走很久
才能又见它

1993 年 9 月

三 月

三月,在孩子眼里
就是让一盏风筝
去送请柬

风与大树
悄悄递了个眼色
一霎间
全绿了

椿芽尖尖
野生而多汁的声音
像箭头咬行人的心

山匆匆,水匆匆
云影匆匆
我们在走,路也在走

渐渐
我们赶上了路

像一双手迅速抖掉了手套
露出短美的指甲

1992 年 3 月

武 士

人生是一匹马
前方是大路
后面是蹄尘

生即死,死即生
杯酒谈笑间
剑气如虹
无数头颅被削落
无数咽喉被疾穿
血就是名声
就是成绩

渐渐,人生不再是一匹马了
而成了一只移动靶
心脏即靶心
一个被蹄声追赶的人
仓皇逃离自己的姓名
褴褛的汗衣
结满盐和歪斜的霜花

夜晚，故乡路
年迈的侏儒牵一棵被伐倒的树
踽踽而行
众多的流星，如亡灵
缓缓
向后飞

1992年8月

沉　船

夜阑人静
天上那抹淡淡亏月
如失眠的蓑衣
硌疼我的肩

桅杆上最后一粒星光
眼睁睁被水中的长矛吹灭
我梦见世上有一种船长式的孤独
他生命的另一支航线
永远驶不出大海激烈的雨声

满载茫茫黄金
没有岸，没有旗帜
始终等不到天亮

巨大的锚
如生锈的房屋，体重尽失
蔓延藻类的绝望

1993 年 3 月

古　墓

拐进一片林子
你停下，但不逃走

月牙儿，不偏不倚
照见温柔的坟头
一枝迎春
怔怔地望你
如出浴的白蝶

氤氤氲氲
纤尘不染的相思就在眼前
谁敢弯下腰去
替一位自缢的古装女子
捡起草间的玉簪

黑夜来得如此之疾
你大惊，感觉周围那些树
那些乱石
和自己一起血流如注

唯有风四下里走
你不敢拔足
那暗藏的蒺藜会突然冒出脚
不顾一切地追来
流萤分分秒秒缠着你
像往事

攥紧汗。你想到了罪
信物、誓言、殉情
想起史书上那些著名黑夜的闪电
隐约，你猜到一个人了
两千年前那仗剑去国的悲歌
河岸的白幡，美人的丧服
那今生今世的最后缠绵

闭上眼
山寨传来熟悉的狗吠
天即要亮了
许久，你忍不住问
让我们回家，好么

1994 年 3 月

蜃 景

在浩淼大海上漂
谁最先望见自己的岛屿
你的孤独
是一颗星的孤独

世上没有什么无影无踪
即使梦中
依稀淡淡的渔火

人，很难不让自己这样或那样
我遇到过那些奇特的老人
知道，什么叫活得有意思
什么叫活得有意义

珊瑚迟早要变成礁石
墓碑终究要刻上名字
一万次失眠
还要永远长睡

1989年4月

无 题

像这些小草
错过了春天
还不知道会不会再生
即埋进了泥土

像这些石头
不记得身世
也不知道高山在哪里
即被风吹老了

像这些花朵
没遇到爱情
甚至来不及吐露心愿
即陷入了果实

想象人的一生
也许
未及做出心目中某个动作
即要梦幻地死去

1988年7月

最后一群诗人

你们饿饿地躺着
仿佛一直活在床上
你们
拼命吃最有意义的东西
比如桑叶,纤维和汁
单调的营养使你们瘦得发绿
额头晶亮

你们极有可能是在作茧
你们极像一些有洁癖的幼虫
生命并不旺盛
极小的伤口
会感染整个身躯

你们的样子像是昏迷
像是做梦
像是服过什么神秘而发光的药
像是某种病的晚期
神志不清,摇摇欲坠

然后，你们开始吐丝
吐丝的情形看上去像是"牺牲"
和"鞠躬尽瘁"
可这只是呕吐
腹部一天天瘪下去
像产妇
像泄气的皮球

这很悲壮，很沮丧
是不是
谁都没办法救你

我已很少让自己读诗了
有点怕
我怕被那些虚弱的丝缠绕
就像遇到一个蹲在路边呕吐的人
那种弯腰
那种痛苦得想要掏干自己的姿势
我有点怕

1992 年 10 月

不要以为这就是生活

如果用掌声来诱惑你
你一定会拒绝
如果用花朵来诱惑你
你一定会拒绝
如果用月光下一条小路
诱惑你
你一定会拒绝吗

不要让生活太容易了呵
不要以为这就是生活
不要以为你可以忘记
童年、诺言、十万个为什么
和英雄船长的故事

读一本好书
动用全世界的力量感动自己
然后去爱

相信向日葵会帮你找到阳光的

1989年1月

93年岁末的后半夜
——写在突然停电之后

是谁把洪水引向这里
然后从容离去
剩下烛苗和壁虎般的人影
惊恐地相互触摸

奔跑的小屋骤然坠入
冬天这间仓库某个最冷的旮旯
你成了一棵越冬大白菜
仅露两只眼的蒙面人
体内的欲望急剧增多
如一枚紧张受孕的蛋壳

什么会在这样清冷的夜晚神秘降临
细细抚摸脸颊
你比任何时候都急于
和自己相认
像一个久违的情人

为什么节日总伴随事故

为什么总乐极生悲

你并不了解远方究竟发生了什么

对那些至今呼唤不到的东西

只有等待

你小心翼翼包好热情

它像酒精一样易挥发

你开始静下来

像一粒神思恍惚的棋子

终于落定

相信黑暗终会被时间驱走

相信向日葵会找到阳光的

相信结局之后

另有重要的开始

你捂一杯茶开始取暖

你把炉火烧得比从前都旺

你听见木炭噼啪跳舞

你剥一颗糖含嘴里

甜蜜顷刻生效

沸腾的蒸气使小屋里充满了人情味

壶盖被笛声吹得扶摇直上

充满了高潮和自由的意味

新年倒计时的钟声里

你缓缓抽出一封陌生女人的来信

从胸口处轻轻撕开

她的话很奇怪——

今夜，我的床头灯
将照见你的漆黑

明天，明天
我要将自己的身体打开
取出一本闪闪发光的书来
盛大的明天
早上好的明天
因寒冷而富饶的明天

1993 年 12 月

日 出
——悼一位自杀少女

> 猛然,我看见了大树的眼睛
> 那是时间的伤疤
> ——题记

1

诗人来了

诗人痛哭着从远方赶来
认出了你
死者是读者中最美丽的少女
读过他最美丽的一首

诗人来了
打着伞
他把你生活中所有热爱的东西
都带来了

为了伞,雨还在下着

对世界全部的爱都已沉睡
诗人第一次和你一起
静静地
等日出

2

你的确在窗前伫立了很久，很久
那块玻璃的表情证实了我的猜测

值得后悔的我已经永远后悔了
在生命最需要流泪的那个时刻
我始终没能闯入你即要告别的世界
打着伞

值得后悔的我已经永远后悔了
在雨夜决定最后抒情的那个时刻
我始终没能从你的注视下庄严走过
打着伞
值得后悔的我已经永远后悔了
为了那些空洞无据、辞藻华丽的祝福
我浪费了，你最后留给我的
探望生命的时间

不是为了道别
诗人从最遥远的街道，赶来了
打着伞
值得后悔的我已经永远后悔了

我一直被我深深向往的少女
蒙在鼓里

3

人总是在夜里才会死去

那群嘹亮的鸽子
不能仅仅因为天色已晚
而没有出现
那株含苞已久的玫瑰
不能仅仅因为风雨如晦
而没有怒放

如果所有的怀念都是为了谅宥
那我如何忍受连我在内的整个世界
对一位少女的疏忽
甚至欺骗
如果所有的沉默不是为了忏悔
我又如何容忍一位少女
对连我在内的整个世界
失望至极

诗人从最遥远的雨巷，赶来了
打着伞
因为你曾经捧读过我的诗集
那里有我最歌唱生活的一首
和签名

值得后悔的我已经永远后悔了
我从不知道我的诗会为谁而写
我一直被我深深热爱并恭维的世界
蒙在鼓里

4

人总是在冬天才会死去

如果
如果我还能最后握住你的手
你便真的不会冷却?
如果我还能最后吻你忧郁的眼神
你便不会就这样失望着
暗下去
暗下去吗?

就快要日出了啊
全世界的爱还在沉睡
诗人痛苦地祈愿
祈愿每一棵树都能参天
好好荫护每个活着的人
祈愿每一面镜子都能如玉
不辜负每个爱美的少女

就快要日出了啊
我会经常,经常想象一个遥远的少女
是否得到了配属给你的

那份幸福

为了伞,雨还在下
就这样让我握紧你的手
没有人会同你告别

1990年1月

王开岭印象：散漫与明亮 （代后记）

张　杰

　　知道开岭是上世纪 90 年代，山东某期刊忽然连续刊登了他一连串"火力猛烈"的篇章——《我们能发出那个声音吗》《向"现场直播"致敬》《"我比你们中任何一个更爱自己的国家》等。2000 年夏天，在古运河畔开岭的住所，当我把自己的思想苦恼一股脑倾给他之后，天已微亮了。那年冬，《激动的舌头》出版了，和它所属的"新青年丛书"一道在京举行了首发式，也因这本书，开岭被称为中国青年思想家三驾马车之一。接下来，《黑暗中的锐角》《跟随勇敢的心》《精神自治》《精神明亮的人》等几本书我都认真读过，加之后来的来往和交流，我觉得自己渐渐算得上了解这个用心灵说话的人了，也终于为他那些思想与唯美的文字找到了一种我认为的背后逻辑——作为一个读者，再没有比经过长期揣摩而读懂另一灵魂更愉悦的事了。

　　有人批评说，中国很多作家似乎特别喜欢把文学和文学身份神圣化、使命化、专业化、朝堂化，同时又解决不了视野封闭、命题陈旧、自我和本土精神资源透支、创造力亏空等问题，乃至使自己和文学双双陷于尴尬。这确乎是事实，至少是某些作家的事实。其实，和时代的其他领域相比，中国文学对时代的追击速度显然太慢了，它甚至把目标给丢了，只好在自己的圈子里繁殖目标，在自己的历史中搞循环，文学似乎已不打算向时代捐献任何有价值的命题了。究其因，我以为，是意识形态话语习惯、文学的传统任务和逻辑、小农思维方式在作祟。

一个显著特点是,世界上最先进和最落后的思维会同时出现在一个人笔下,他往往会以最极端的方式谈宽容、以最感性的方式谈理性、以最土著的方式谈国际、以最乡下的方式谈时尚……做散文,和民间博客的创造力没法比,但还是固执地捏散文;做小说,网页上的新闻个案鲜活得让其惭愧,但还是埋头编小说……文学,文坛,似乎就是一帮人干着纯属这帮人的事。

记得有人诧异过:王开岭身上怎么似乎找不到文坛和专业的痕迹?他的选题、他的笔法、他的动态,你好像都没法归类,没法预测,也没法把他和别人轻易地"合并同类项",他自由得好像从未进入过文坛一般。

在文学刊物上发东西却不被文学规定、身处一地域却几乎不受地域影响,他是怎么独立生长的呢?在开岭的语汇里,有两个重要的词,一个叫"减法",一个叫"越过"。在地域生存系统中他使用"减法",在文学生存法则中他使用"越过",他绕过既定的文学和拥挤的文坛,和最远的诗意乌托邦、和最紧迫的时代情势与矛盾直接对话——从而一下子把复杂给简单化了,把深邃给纯真化了。

开岭在获得了这种纯真后,他可以随心所欲地与任何事物打交道,可直面19世纪俄罗斯的群星璀璨、法兰西的狂热与理性、美利坚的精神纪念碑,也可突然扭头拜访孔子老聃及他们的春秋战国;可务虚于最缥缈的星空、形而上的哲思,也可突然凝视起最现实的环保、医患、慈善、住房……就像一个孩子,凭愿望突然指认感兴趣的东西,且懒得滞留,懒得炫耀,抛出最重要的发现后就迅速跑向下一站,不沉湎,不贪功,不居奇……

恢复文学的"业余"和表达的本能,跳出"专业"游戏的缠绕和常规命题的窠臼,我觉得这是开岭之所以成为他自己的主因。事实也如此,在山东,开岭除了极少几个写作朋友外,几乎与文界无甚瓜葛,到北京后,他延续了这一习惯,几乎和整个文坛不打交道。不张望,不纠缠,不入圈,不联盟,他独立得干干净净,彻底的"业余",我不知道这种生存风格是否奠定了一个独立思考者的底色，至少有关系吧。他来北京是应邀到央视新闻频道做栏目指导，负责对每天即时的新闻事件作出精准的价值判断和评论，这种"转折"也是让习惯书斋练功的人感到吃惊的。为了方便介绍，在很多场合，他干脆直称自己为一个电视新闻人，仿佛文学、艺术真的与他无关一样。把写作当作爱好和消遣，把思想视为正常的呼吸，他用这种方法使自己获得一种"文学局外人"的清醒和从容——事实上我觉得这样反而离真正的文学精神更近，离文坛生活更远。把自己送回去——回到一个人正常的生活位置，把文学送回去——回到文学最早出发的地方，他说文学不是生活的中央，而只是你头顶上的一颗星……他说一个人要努力还原真实、还原自我和世界的真实，要做一个精神正常和精神明亮的人，而不要追求非常态、非本能的唯美与深刻……他还说，别把自己太当回事，也别把文学和思想太当回事，为什么有些老作家越往后写得越好，就是把那些曾高高举起的东西放了下来……应该说，正是这些心得，确立了一个谦卑而诚实的思想写作者角色，与当下那些比嗓子和证书的明星写作者相比，他绕开了很多游戏和场合，显得寂静而隐蔽。

　　从山东到北京、从讲台到媒体，地点和职业的变化，对他写作的影响是显然的。用一个比喻，如果其视角在过去是使用了长焦镜头的话——比如《俄罗斯课本》《请想一想华盛顿》《我们能发出那个声音吗》《战俘的荣誉》《是国家错了》《乌托邦的变种》《决不向一个提裤子的人开枪》《独裁者的性命之忧》《关于语言可以杀人》《杀人的世界观与方法论》等篇什，那么他近年的选题和表述则更像使用了广角镜头，更淋漓地描画民生现场感和人类整体性。像《大地伦理》《依据不足的热爱生活》《我们为什么不快乐》《恐龙胃与"物理人生"》《一个房奴的精神大字报》《我们无处安放的哀伤》《东西方文化下的资产观》《人类如何消费星空》《打捞生命的"个"》《一个人的遭遇》等，都可明显觉出他强烈的民生视角和当代现场感。电视和新闻，无疑都鼓励他关注民生，追求现场，加大对当世的推进与建构。

和很多读者一样，最初之时，我把开岭仅仅视为了一个批判思想的力量型选手。记得上世纪末在济南，一个冬天的晚上，我和另外一同事在闷潮的办公室里热烈谈论《激动的舌头》，多年未有的阅读快感，让我们热血沸腾，正如朋友所说：在一个多年未打扫的猪圈里，猛然吸到了生猛新鲜的空气。那时，我们把开岭视为思想狙击手和精神战士的角色，其实现在看来，这不免有些短见，因为我们忽视了《蓝湖》《远行笔记》《白衣人，当一个痛苦的人来看你》《永远的邓丽君》《有毒的情人》《当你老了，头白了》《谈谈墓地，谈谈生命》《爬满心墙的蔷薇》《精神明亮的人》《向儿童学习》《古典之殇》《当她十八岁的时候》等侧重于生命美学和心灵保洁意义上的东西。除了忧郁，他还明亮；除了锋利，他还温润；除了理性与睿智，他还诗意与唯美。

现在想来，从很早开始，开岭文字中即有两组对等且同构的成分：唯美和思想，历史与当下，心灵与民生，批判与建构。单从某一时期的作品看，可能会有此消彼长的侧重，但拉长了看，整体上看，两种成分基本均衡且状态稳定。而且近些年，他的作品还呈现一个走势，即把以上所说的"思想和唯美"等两组元素合为一体，融入每一文本、每一段落，而非像从前那样分属不同题材和篇目，气质泾渭分明。

到北京后，开岭的表达明显变得从容甚至优裕，他自己也说，现在写得很少，甚至有些惊异当年的表达欲望和产量，一方面，这和他的另种表达——电视新闻操作有关，用他的话说，他每天都在职业领域大量释放能量，有了这个出口，流经文字闸门的就少了。另一方面，他开始自觉地追求"有限的表达"和"节制的表达"，用他的话说，在一个表达泛滥、耗纸成灾的时代，写得短、写得简，甚至写得少，对自己、对读者，都算一种美德。

在一本书的后记中，开岭说，"我永远不会把文学当成职业来做，好东西你一定要把它留给业余，就像爱情是业余时间里的事，老婆孩子也是业余时间里的事。"

开岭用他所谓的一个人的散漫游思和业余生活，为我们贡献了

"有限"却珍贵的精神命题和时代现场,他用他的"非文学"气质帮助了我们公认和既定的文学。

2009 年 9 月

图书在版编目（CIP）数据

当年的体温／王开岭著．—修订版．—太原：书海出版社，2011.11（2019.5重印）
ISBN 978－7－80550－874－0

Ⅰ.①当.. Ⅱ.①王... Ⅲ.①散文集－中国－当代②诗集－中国－当代 Ⅳ.① I217.2

中国版本图书馆 CIP 数据核字（2011）第 186812 号

当年的体温（修订版）

著　　者：王开岭
责任编辑：张文颖　高　雷
装帧设计：陆子歌
出 版 者：山西出版传媒集团·书海出版社
地　　址：太原市建设南路 21 号
邮　　编：030012
发行营销：0351—4922220　4955996　4956039　4922127（传真）
天猫官网：http：//sxrmcbs.tmall.com　电话：0351—4922159
E - mail：sxskcb@163.com　发行部
　　　　　sxskcb@126.com　总编室
网　　址：www.sxskcb.com
经 销 者：山西出版传媒集团·书海出版社
承 印 者：山西出版传媒集团·山西新华印业有限公司
开　　本：787mm×960mm　1/16
印　　张：17.25
字　　数：250 千字
印　　数：21 001－27 000 册
版　　次：2011 年 11 月第 1 版
印　　次：2019 年 5 月第 4 次印刷
书　　号：ISBN 978－7－80550－874－0
定　　价：30.00 元

如有印装质量问题请与本社联系调换